林　庚　冯沅君

主编

中国历代诗歌选

金元至近代

生活·讀書·新知 三联书店

图书在版编目（CIP）数据

中国历代诗歌选．四，金元至近代／林庚，冯沅君
主编．—北京：生活·读书·新知三联书店，2024.1
ISBN 978-7-108-07576-5

Ⅰ．①中⋯　Ⅱ．①林⋯②冯⋯　Ⅲ．①古典诗歌－作
品集－中国－辽宋金元时代－近代　Ⅳ．①I222

中国版本图书馆 CIP 数据核字 (2022) 第 227738 号

特邀编辑　王清溪
责任编辑　万　春　唐明星
装帧设计　康　健
责任印制　卢　岳
出版发行　**生活·讀書·新知** 三联书店
　　　　　（北京市东城区美术馆东街 22 号　100010）
网　　址　www.sdxjpc.com
经　　销　新华书店
印　　刷　河北品睿印刷有限公司
版　　次　2024 年 1 月北京第 1 版
　　　　　2024 年 1 月北京第 1 次印刷
开　　本　880 毫米 × 1230 毫米　1/32　印张 7.75
字　　数　171 千字
印　　数　0,001－5,000 册
定　　价　45.00 元
（印装查询：01064002715；邮购查询：01084010542）

出版说明

该书的主编是林庚和冯沅君两位先生。

林庚（1910—2006），字静希，原籍福建闽侯，生于北京。1933年毕业于清华大学中文系，留校担任朱自清先生的助教。1937年后历任厦门大学、燕京大学及北京大学教授。林庚是著名诗人，一面写诗，陆续出版诗集《夜》《北平情歌》《冬眠曲及其他》《空间的驰想》等；一面进行关于新诗格律的理论研究，著有《新诗格律与语言的诗化》。同时，他也是卓有成就的学者，著有《中国文学史》《诗人李白》《唐诗综论》《诗人屈原及其作品研究》《天问论笺》《西游记漫话》等。

冯沅君（1900—1974），原名淑兰，笔名淦女士，原籍河南唐河。1917年，随长兄冯友兰到北京，考入北京女子高等师范学校。1922年，考入北京大学国学门研究所。1925年毕业，先后到金陵大学、中法大学、暨南大学、中国公学大学部、复旦大学、北京大学等校任教。1932年，同丈夫陆侃如双双赴法留学，1935年二人均获得巴黎大学文学博士学位。同年回国，冯沅君历任河北女子师范学院、武汉大学、中山大学、东北大学、山东大学教授。冯沅君是曾得到鲁迅先生赞赏的、蜚声20世纪20年代文坛的小说家，著有《卷葹》《劫灰》等。学术研究方面，她在中国诗歌史、戏曲史领域成就突出，著有《近代诗史》《中国文学史简编》《南戏拾遗》《古优解》《古剧说汇》等。

20世纪60年代，时任北京大学古代文学教研室主任的林庚和山东大学古典文学教研室主任的冯沅君接到了教育部下达的一个重点项目，共同主编《中国历代诗歌选》，作为高等学校中文系中国诗歌选课程的教科书。该书分上下两编，依据二人学术侧重的不同，林庚负责上编自先秦至唐五代部分，冯沅君负责下编自宋代至"五四"前部分。两位主编在确定选注原则、选目、体例后，分别带领北京大学和山东大学古代文学教研室的同事，共同编写完成。编写团队中，不乏吴小如、袁行霈等著名学者，而其中，两位主编的功劳自然是主要的。

上编分一、二两册，于1964年1月由人民文学出版社出版，正文繁体横排，扉页有括号注明"本书供高等学校文科有关专业使用"。学者彭庆生评论其"既是一部独具特色的诗歌选本，又是一部自成体系的优秀教材"，"既富有诗人的灵性，又富有学者的卓识，同时也深具教师的匠心"。因为林庚的诗人本色，慧眼独具，发掘出许多被历代选家遗漏的佳作；因为是具有"独立之精神，自由之思想"的学者，所选诗歌洋溢着林庚一生提倡的"少年精神"和"盛唐气象"；因为长期在大学开设历代诗歌选课程，丰富的教学经验保证了该书作为教材的科学性、系统性和完整性。在选目上，既体现了中国诗歌历史发展的全貌，也突出了个别诗体、诗人、流派、风格在某一特定时期的高峰性呈现。此外，该书的作家小传和注解都力求简明扼要，但常有独到之见，给读者更多启迪。

下编出版较晚。陆侃如在《忆沅君》一文中说："沅君最后几年的精力全滋注在这部教材里，精益求精，一丝不苟。可惜刚打好清样，因'文化大革命'勃发了，未能及时出版。沅君弥留之际，还在挂念这件事。"袁世硕先生在《缅怀冯沅君师》一文中，回忆自己当年参与《中国历代诗歌选》编写过程中，对吴伟业两首诗的作期，依据常见的资料，做了个大约的推定，并未深究，"但是，冯先生在定稿时却重新进行了认真细致的考定，把有关史实和诗的内容这两个方面联系一起加以考察，推翻了我初稿中的意见，作出了符合实际的推断。当冯先生对我说明这两首诗的作期改动的情况时，特别语重心长地说：做学问是不能粗枝大叶、敷衍了事的，应当严肃认真，一直把问题搞透彻"。从这一事例，可以看到冯沅君一贯的认真严谨和做主编的尽职尽责。1979 年 11 月，下编一、二两册才得以由人民文学出版社出版（正文繁体横排，此次连同上编，统一由古干设计封面，扉页书名上方有"高等学校文科教材"字样），遗憾的是，冯沅君已于 1974 年因病逝世。

该书自出版后，广受各大高校师生及诗歌爱好者的好评，多次重印，并于 1988 年荣获国家教委高等院校优秀教材一等奖。2005 年 2 月，清华大学出版社出版九卷本《林庚诗文集》，收入《中国历代诗歌选》（上编）为第五卷。后于 2006 年 7 月，以单行本形式将《中国历代诗歌选》（上编）分为《中国历代诗歌选·先秦至隋代》和《中国历代诗歌选·唐五代》两种出版，正文改为简体。

这部名家领衔、历久弥新的经典选本在今天仍弥足珍贵，三联书店此次以人民文学出版社 1964 年版和 1979 年版为底本，修订再版，以飨读者。我们基本保留了原版内容全貌，只对少许内容按实际情况做了修订。比如，初版内容注解中记录的行政区划，现有一些由县改为市或者区，甚至有一些改了名字。此次出版都做了相应更新。还对书中的注音进行了整理，尤其是多音字，根据工具书，对不同义项的不同读音进行了核查。此外，对个别难字、生僻字补充了注音。

生活·讀書·新知 三联书店

2023 年 7 月

前　言

　　本书是为高等学校中文系中国诗歌选课程编写的教科书，考虑到课堂讲授的实际需要及同学们的自学时间，全书共选诗（包括词、曲等）一千首，希望能基本上体现中国古典诗歌优秀的成就。中国是诗的国度，数千年来诗人们的杰出创作美不胜收；在我们选诗的过程中，几次征求意见，都反映有很多好诗未能收入。我们尽量参考了各方面的意见，但是因为只能在一千首内取舍，挂一漏万，仍是在所难免的。我们希望尽可能选思想性艺术性都高的作品，同时为了体现中国古典诗歌全面的成就，以及历代诗歌流派的发展，也选了一部分思想性或艺术性有所偏重的作品。我们的选目一共征求过三次意见，最后才确定下来，今后仍盼多听到大家的意见。

　　全书包括简略的作家小传在内，连同本文和注解，平均每首诗实际上占六百字左右。这样，注解自然就不能不以简明为主。同时考虑到主讲教师应有发挥的余地，简明也是完全必要的。但课堂上并不是每首诗都能讲到，很多作品还得靠同学们课外自学，而本书也不免还会面对更多的读者，因而一定的串讲也是需要的。我们还试图采用一些注解中含有串讲或串讲中带有注解的办法，但总的说来，是以注解为主，适当地附以串讲。遇有重点疑难时作必要的说明或引证，我们希望尽可能做到不放过任何难点，当然，即使这一部分的文字也是力求精简的。

诗无达诂，又限于时间和水平，我们的注解很难说就都完善。本书虽是教科书，也仍然是只供参考之用，主讲教师还可以按自己认为更好的意见讲解。但从我们编写的过程说，凡有疑难，或历来聚说纷纭，或从来并无注解，或不同于传统成说之处，都经过再三讨论，才作出解释。有时并采用疑似语气，或附有他说以备参考。与讲解有关的重要异文，必要时也附在注后。

本书体例并不规定要有题解，因为很多作品读过之后，往往题意自明，简单的题解反而容易不全面或流于空洞，有时且限制了读者们丰富的体会，所以只是在需要时把它放在第一条注解里面。注解则一律放在本文之后，这对于长诗也许不太方便，但考虑到本书中长诗为数不多，更重要的是好诗不厌百回读，注解只是在最初阶段才特别需要，此后还要能离开注解自行熟读，如果注解夹在中间，反而会感到不能一气呵成了。注解一般是一两句一注，最多不超过四句。读音则只根据今音标注，近来语言学界对于许多古音当时的具体读法究竟如何，颇多怀疑，这里不如从略；至于没有今音的古字，则采取传统上的说法，斟酌标为今音。

中国古代诗歌发展中呈现的形式是丰富多彩的，唐以前先后出现了四言、骚体、五言、七言等，五、七言中又有古、律、绝等体，唐以后则更以诗、词、散曲等三个园地争长媲美。本书体例，在同一作家的作品中也据此依上述顺序分体安排，一体之中斟酌写作年代定其先后，作家则结合生卒年及其主要活动时期依次排列。

本书分为上下两编，上编自周代至唐五代，共五百五十首，下编自宋代至"五四"前，共四百五十首。上编由林庚（北京大学）主编，参加编写的有吴小如、陈贻焮、袁行霈、倪其心。下编由冯沅君（山东大学）主编，参加编写的有关德栋、袁世硕、朱德才、郭延礼、赵呈元。主编人之间，除曾先后三次充分面商一切外，并经常交换情况和意见。选注原则是根据作品选会议上的精神明确的。选目是由上下编主编负责分头拟定后，征求意见，不断修订的。体例是由上编主编先提出草案，然后协商确定的。在工作开始时并曾选出不同作家的作品若干篇，大家均就此作出小传和注解，交流观摩，以便在要求和规格上尽可能取得一致。编写期间，上下编都各自成立了小组。上编方面：林庚负责起草选目，审改初稿，组织讨论，并最后定稿；吴小如担任注解先秦两汉全部作品初稿；倪其心担任注解魏晋南北朝全部作品初稿；袁行霈担任注解初盛唐全部作品初稿；陈贻焮担任注解中晚唐全部作品初稿。四位同志除经常参加讨论外，并协助主编查校材料，互审初稿，誊清部分稿件。此外，李绍广还主动地为上编注出十几首小令的初稿，谨在此表示感谢！下编方面：冯沅君负责起草选目，审改初稿，组织讨论，并最后定稿；此外，还担任注解北宋全部、南宋大部分及金、元全部作品的初稿。赵呈元担任注解陆游作品的初稿及全稿的校对工作；朱德才担任注解辛弃疾、陈亮及明代大部分作品的初稿；关德栋担任注解明清散曲及民歌部分的初稿；袁世硕担任注解刘基、高启、顾炎武及清代大部分作品的初稿；郭延礼担任注解近代全部作品的初稿。以上同志都同样参加小组讨论等工作。此外，还由刘卓平担任抄写全稿及资料的管理工作。

我们在征求对选目的意见时，曾得到多方面热忱的支持，在工作中并得到一些单位和专家们的帮助，稿成后，上编经冯至同志审阅，下编经余冠英同志审阅，谨在此一并深致谢意！盼望此后仍能获得各方面热情的支持，使本书更臻于完善。

〔附记〕

本书上编于1964年出版，下编已排好清样，未出版。上编这次重印，做了些许修订。下编这次是初印，亦就原清样做了些修订。

1978 年 12 月

目　录

金 元

宇文虚中

宇文虚中（1079—1146），字叔通，成都华阳（今四川成都）人。北宋末，官至资政殿大学士。宋高宗建炎初，使金被留，为翰林学士。金熙宗皇统六年（1146），他密谋劫金帝，挟宋钦宗南归，事败，全家被杀。羁身他邦，故诗多愤激慷慨。有集行世，未见。

在金日作 [1]（三首选一）

遥夜沉沉满幕霜，有时归梦到家乡。传闻已筑西河馆 [2]，自许能肥北海羊 [3]。回首两朝俱草莽 [4]，驰心万里绝农桑 [5]。人生一死浑闲事，裂眦穿胸不汝忘 [6]。

1. 诗是作者留金初期的作品。　2. "传闻"二句：金人虽蓄意迫降，但自信经得起考验。"西河馆",春秋时,平丘之盟,晋人执鲁季孙意如,晋叔鱼对季孙意如说:"鲋(叔鱼)也闻诸吏将为子除馆于西河。"注:"西使近河。"(《左传》昭公十三年)西河在今山西离石一带。 3."北海羊",汉苏武使匈奴,因拒降,被送到北海上牧羊(参看《汉书·苏武传》)。 4."两朝",指宋徽、钦二帝。"草莽",指被金俘虏。春秋时,吴破楚,楚王出奔。申包胥入秦求援时说:"寡君失守社稷,越在草莽。"(《左传》定公四年)"草莽"意如草野。宇文诗本此。 5."驰心",心向往,这里言心不宁静。"绝农桑",农业生产遭到破坏。 6."裂眦",言极愤怒。"眦",音zì,眼眶。"汝",指金人。

吴　激

吴激(1090—1142),字彦高,建州(今福建建瓯)人。能诗文,书画得米芾笔意。宋钦宗靖康末,奉命使金,因知名被留,任翰林待制。后出知深州,到任即卒。他是金代著名词人,词风清婉,有《东山集》。

人月圆·宴张侍御家有感 [1]

南朝千古伤心事 [2],犹唱《后庭花》[3]。旧时王谢 [4],堂前燕子,飞向谁家！　　恍然一梦⁵，仙肌胜雪，宫鬓堆鸦。江州司马⁶，青衫泪湿，同是天涯。

1.《容斋题跋》说：吴激在北人张总侍御家宴集，遇宋故宫人佐酒，为赋此词。　　2.“南朝”二句：北宋亡后，故宫人仍唱旧时曲。“南朝”，这里暗指北宋。　　3.《后庭花》，南朝陈后主所制曲。用杜牧《泊秦淮》诗意。　　4.“旧时”三句：叹北宋世族旧家都随王朝的倾覆而衰败，声伎也流落散失。借用刘禹锡《乌衣巷》诗意。　　5.“恍然”句：言相遇如在梦中。　　6.“江州”三句：同情宫人流落，自伤身羁他邦。用白居易《琵琶行》“同是天涯沦落人，相逢何必曾相识”与“座中泣下谁最多？江州司马青衫湿”诸句意；以白自比，以商妇比宫人。

元好问

　　元好问（1190—1257），字裕之，号遗山，太原秀容（今山西忻州）人。金宣宗兴定五年（1221）举进士。历任镇平、内乡县令与吏部主事、左司员外郎诸职。金亡不仕，往来于真定、东平、燕京、汴京等地，致力于金代史料的搜集，记录至百余万言，为集金源文献大成的人。

　　元好问是金代著名诗人，金末诗风变革的优秀代表。他的诗突破吟风月、咏山川的局限，常以残酷剥削下农民的痛苦及元侵金战争中杀戮、掳掠的惨状为主题。对前代作家，他由学习苏轼，进而师法杜甫，诗风雄浑开阔，情辞沉郁悲凉。他又是词人。词多豪放，婉约亦所不废。有《遗山集》《遗山乐府》。

论诗三十首 [1]（选二）

其一 [2]

沈宋横驰翰墨场 [3]，风流初不废齐梁 [4]；论功若准平吴例 [5]，合著黄金铸子昂 [6]。

1. 组诗是金宣宗兴定元年（1217），元好问在三乡时所作。作者在其中评论了自汉、魏至宋代的重要诗人与诗派，并揭示出自己的主张。　2. 诗从唐初诗坛形势着眼，肯定陈子昂改变诗风的功绩。　3. "沈宋"，沈佺期与宋之问。"横驰翰墨场"，在诗坛上纵横驰骋。　4. "风流"，指诗的精神韵味。"初"，本，原。"不废齐梁"，继承齐梁的绮靡的诗风。　5. "论功"二句：陈子昂改变齐梁余风，有功于诗的发展，应受尊重。"准"，准用之省，依照。　6. "黄金铸子昂"，范蠡既佐越王勾践平吴，泛舟五湖，不知所终。勾践使工匠用良金铸范蠡像"而朝礼之"（参看《国语·越语》）。这里是褒奖陈子昂。

其二 [1]

池塘春草谢家春 [2]，万古千秋五字新；传语闭门陈正字 [3]，可怜无补费精神⁴。

1. 从对谢灵运、陈师道的抑扬中，表示诗贵清新自然的主张。　2.“池塘春草”，指谢灵运《登池上楼》中的名句“池塘生春草”。　3.“闭门陈正字”，陈师道曾任秘书省正字。他作诗时常拥被苦思，呻吟如病。黄庭坚《病起荆江亭即事》有“闭门觅句陈无己”（陈师道字无己）。　4.“可怜”句：用王安石《韩子》诗句。

岐阳三首¹（选一）

百二关河草不横²，十年戎马暗秦京³。岐阳西望无来信⁴，陇水东流闻哭声⁵。野蔓有情萦战骨⁶，残阳何意照空城。从谁细向苍苍问⁷，争遣蚩尤作五兵⁸？

1.“岐阳”，古地名，在今陕西凤翔附近。杜甫《喜达行在所三首（其一）》有“西忆岐阳信”，时唐肃宗在凤翔。元好问本学杜诗，因以岐阳为题。金哀宗正大七年（1230），元太宗（窝阔台汗）率兵攻金，次年，陷凤翔。《岐阳三首》即咏此事。诗写作者为人民离乱而焦虑，与其厌恶侵略战争的心情。　2.“百二”句：慨叹金有险不能守。“百二关河”，《史记·高祖本纪》：“秦，形胜之国，带山河之险，县（同悬）隔千里，持戟百万，秦得百二焉。”《集解》说：“秦地险固，二万人足当诸侯百万人也。”“草不横”，西汉终军说“军无横草之功”，初唐颜师古注以为“横草”即在草里走，使草偃伏。元诗反用此语，极言无人防守。　3.“十年”句：言敌人深入。金兴定五年（1221），元攻金陕北，至陷凤翔，计十一年，言“十年”，举成数。

杜甫《愁》有"十年戎马暗万国"，元诗本此。 4."岐阳"二句：凤翔消息断绝，秦民东逃，艰苦万状。 5."陇水东流"，陇水有二，均不东流。这里当是假设之辞，是说如果东流。"闻哭声"，雷琯《商歌十章序》："客有自关辅来，言秦民之东徙者余数十万口，携持负戴，络绎山谷间。昼餐无糗糒，夕休无室庐，饥羸暴露，滨死无几。"元诗当本此。 6."野蔓"二句：悬想凤翔陷后的惨状。 7."苍苍"，指天。 8."蚩尤作五兵"，见《史记·五帝本纪》注。"五兵"，指戈、殳、戟、酋矛、夷矛。

壬辰十二月车驾东狩后即事五首 [1]（选一）

惨澹龙蛇日斗争 [2]，干戈直欲尽生灵 [3]；高原水出山河改 [4]，战地风来草木腥。精卫有冤填瀚海 [5]，包胥无泪哭秦庭 [6]。并州豪杰知谁在 [7]，莫拟分军下井陉 [8]。

1."壬辰"，指金哀宗天兴元年（1232）。这年十二月，金帝东走，元兵再度围汴（金当时都城），"车驾东狩"指此。组诗写作者对生民涂炭的悲愤与望救不至、突围不得的痛苦。 2."惨澹"二句：指出战争激烈，人民死伤惨重。"龙蛇"，《阴符经》有"天发杀机，龙蛇起陆"。《易》坤卦上六爻辞："龙战于野，其血玄黄。"元诗本此，以龙蛇喻金元。 3."直欲"，如俗语"硬是要"。"生灵"，生民。 4."高原"二句：承首二句，用事实说明。"水出山河改"，天兴元年，金为保卫汴京，特遣人决河水（参看《金史·哀宗纪》）。 5."精卫"句：言国仇必报。"精卫"，鸟名，又称冤禽。古代神话说，炎帝的女儿溺死东海中，化为精卫，常衔西山木石，以填东海（参看《山海经·北山经》）。旧说以为这句指宣宗贞祐二年（1214）金国卫绍王之女岐国公主嫁元太祖（成吉思汗）和亲事，因与精卫故事不切合，疑非。 6.“包胥”句：叹得不到外援。申包胥是春秋时楚大夫。吴伐楚，包胥入秦乞师，依庭墙而哭，七日不绝声，终得秦师救楚。旧说以为这句指哀宗正大八年（1231）曹王出质求和事，因与申包胥事不切合，疑非。 7.“并州”二句：责拥重兵者坐视不救。“并州豪杰”，指当时河朔诸帅。“并州”，包括今山西与河北、陕西部分地区。 8.“莫拟”，不打算。“井陉”，关名，在今河北井陉山上，地势险要。

癸巳五月三日北渡三首[1]（选一）

随营木佛贱于柴[2]，大乐编钟满市排[3]。房掠几何君莫问，大船浑载汴京来。

1. 癸巳是天兴二年（1233）。这年正月，汴京陷落；四月，元兵俘金后妃、宗室北去；五月，元好问北渡。诗写元兵掠夺摧残文物。 2.“木佛”，寺院中佛像。“贱于柴”，古时佛像被认为是不可亵渎的，而且往往有艺术价值，但元兵看它却比木柴还贱。 3.“大乐”，皇家御用的音乐。“编钟”，乐器，十六钟同悬一虡（悬钟磬的木架），称编钟。金亡乐器散失与元搜括金乐器均见《元史·礼乐志》二。

续小娘歌十首[1]（选二）

其一

山无洞穴水无船[2]，单骑驱人动数千[3]；直使今年留得在[4]，更教何处过明年。

1. "小娘歌"上加"续"字，足见前人已有此作。诗中"唱得小娘相见曲"颇可为证。组诗作于天兴二年（1233），写中原人民被元兵劫虏的惨状与战争对农村的破坏。　2."山无洞穴"，被虏者沿路无栖身处。"水无船"，遇河必涉水。　3."单骑"，一个元骑兵。"动"，辄，每。　4."直使"，如言即使。

其二

雁雁相送过河来[1]，人歌人哭雁声哀；雁到秋来却南去[2]，南人北渡几时回！

1. "雁雁相送"，人被驱北行，雁同时北飞，如相送。　2."却"，还。

游天坛杂诗十三首[1]（选一）

湍声汹汹落悬崖[2]，见说蛟龙擘石开[3]；安得天瓢一翻倒[4]，蹑云平下看风雷[5]。

1. "天坛"，山名，在今河南济源，即王屋山绝顶。组诗作于元太宗十一年（1239）。　2."汹汹"，形容水声。　3."见说"，如言听说。　4."安得"二句：幻想飞瀑变雨救旱灾。自注："时旱甚故云。"　5."蹑云"，踩云。"蹑"，音 niè。"平下"，山极高，故看风雷不必仰望。

摸鱼儿

乙丑岁赴试并州¹，道逢捕雁者，云："今旦获一雁，杀之矣。其脱网者悲鸣不能去，竟自投于地而死。"予因买得之，葬之汾水之上²，累石为识³，号曰雁丘。时同行者多为赋诗，予亦有《雁丘辞》。旧所作无宫商⁴，今改定之。

问人间情是何物⁵，直教生死相许？天南地北双飞客⁶，老翅几回寒暑⁷！欢乐趣，离别苦、是中更有痴儿女⁸。君应有语⁹：渺万里层云，千山暮景，只影为谁去¹⁰！　　横汾路¹¹，寂寞当年箫鼓¹²，荒烟依旧平楚¹³。招魂楚些何嗟及¹⁴，山鬼自啼风雨¹⁵。天也妒¹⁶，未信与、莺儿燕子俱黄土。千秋万古¹⁷，为留待骚人，狂歌痛饮，来访雁丘处。

1."乙丑"，金章宗泰和五年（1205）。　2."汾水"，发源于山西宁武西南管涔山，至河津市西南入黄河。　3."为识"，作标志。　4."无宫商"，不协音律。　5."问人"二句：为殉情者发问。实际上也是对殉情者的赞许。　6."天南"二句：是说雁一向是到处双飞。"双飞客"，指雁。　7."几回"，多少回。言回数很多。　8."是中更有痴儿女"，雁中有特别钟情的。"痴儿女"，以人比雁。　9."君应"四句：揣想雁的心情，说明它殉情的原因。"君"，指殉情的雁。　10."为谁去"，与谁同去。　11."横汾"三句：写葬雁的地方。汉代帝王曾来汾上巡游，但现在这里箫鼓绝响，只余烟树。"横汾"，横渡汾水。汉武帝《秋风辞》有"泛楼船兮济汾河，横中流兮扬素波"。　12."箫鼓"，汉武帝《秋风辞》有"箫鼓鸣兮发棹歌"。 13."平楚"，如言平林。 14."招魂"二句：雁死不能复生，山鬼枉自哀啼。"招魂楚些"，用"楚些"招魂。《楚辞》有《招魂》，它的句尾用"些"字，故言"楚些"。"些"，音 suò，语助词。楚人旧俗，禁咒的句尾用它。"何嗟及"，即嗟何及；《诗经·王风·中谷有蓷》有"何嗟及矣"，元词本此。 15."山鬼"，山神。"啼风雨"，《楚辞·九歌·山鬼》："杳冥冥兮羌昼晦，东风飘兮神灵雨。"元词本此。 16."天也"二句：雁的殉情将使它不像莺、燕那样死葬黄土，不为人知；它的声名会惹起天的忌妒。 17."千秋"四句：雁丘永远受诗人凭吊。

刘　因

刘因（1249—1293），字梦吉，保定容城（今河北容城）人。元世祖至元十九年（1282），为承德郎、右赞善大夫，未久辞归；后以集贤学士征召，他以病辞。他精研理学，又以文名。诗或闲婉，或雄浑，意多深沉。有《静修先生文集》。

观梅有感 1

东风吹落战尘沙 2，梦想西湖处士家 3；只恐江南春意减 4，此心元不为梅花。

1.诗可能是元世祖至元二十四年（1287）或稍后的作品。诗人的感想是怀念宋亡后的江南。这年十一月，元帝诏贵州县限期捕获江南"盗贼"（参看《元史·世祖纪》），诗或为此事而作；言及"东风"应是春天写的。 2."东风"二句：前后倒置。想象西湖梅花上的战尘已为东风吹去，实是希望停止江南追捕"盗贼"的军事行动。 3."西湖处士家"，指宋林逋家。逋隐居西湖孤山，性爱梅。 4."春意减"，暗指民生凋敝。

宋理宗南楼风月横披 [1]（二首选一）

物理兴衰不可常 [2]，每从气韵见文章；谁知万古中天月 [3]，只办南楼一夜凉！

1."横披"是字或画的横幅，轴在两端。"南楼风月"，是横披的名称。通过批评理宗的作品，诗抒发对宋代兴亡的感叹。 2."物理"二句：提出对事物变化和因人论文的观点；意思是兴衰关联着作者的气韵，从气韵窥见文章的高下优劣。这是后二句评论的依据。"物理"，事物的规律。"不可常"，言无定。 3."谁知"二句：从宋太祖与理宗作品对比上，愧惜理宗缺少太祖的宏伟气魄，不能继承祖宗的基业。自注："理宗自题绝句其上，有'并作南楼一夜凉'之句。'才到中天万国明'，宋太祖《月》诗也。"

虞　集

虞集（1272—1348），字伯生，仁寿（今四川仁寿）人，寓居崇仁（今江西崇仁）。曾为大都路儒学教授，官至翰林直学士兼国子祭酒。他是当时"元诗四大家"之一，诗风端严，人比之"汉廷老吏"。有《道园学古录》。

挽文丞相 [1]

徒把金戈挽落晖 [2]，南冠无奈北风吹 [3]。子房本为韩仇出 [4]，诸葛宁知汉祚移 [5]。云暗鼎湖龙去远 [6]，月明华表鹤归迟 [7]。不须更上新亭望 [8]，大不如前洒泪时。

1."文丞相"，即文天祥。他于至元十九年十二月初九日（1283年1月9日）就义燕京，虞诗当是追挽。诗颂扬文的忠烈，同时也流露宋亡的隐痛。
2."金戈挽落晖"，用鲁阳公的故事。鲁阳公与韩作战，战斗正激烈时，日已将暮，他用戈挥日，"日为之反三舍"（《淮南子·览冥训》）。"落晖"，比喻南宋末年的颓势。　3."南冠"句：指文天祥囚系于燕京。　4."子房"二句：用张良、诸葛亮事说明文天祥为国抗敌，并相信南宋不会灭亡。"子房"，张良的字。"为韩仇出"，秦灭韩，张良以张家五世相韩，极力为韩报仇。　5."汉祚移"，蜀汉的福祚已尽，势在必亡。"祚"，音 zuò，福。　6."云暗"句：

言宋帝已死。"鼎湖龙去",相传黄帝铸鼎于荆山,鼎成,他乘龙去。后人遂称其地为鼎湖(参看《史记·封禅书》)。 7."月明"句:言文天祥如魂归江南,将有城郭虽在而人事皆非之感。"华表鹤归",用汉丁令威学道灵虚山,后化鹤归辽东的故事。 8."不须"二句:慨叹当时蒙古贵族统治全国,民族压迫,更甚于东晋、南宋时。虞曾遭疑忌,感慨或由此起。"新亭""洒泪",用东晋初年,过江诸人在新亭宴饮,为国事流涕的故事,借指南宋事。

白 朴

白朴(1226—1306以后),字仁甫,本隩州(今山西河曲)人,后流寓真定(今河北正定)。曾受元好问的抚养与文学上的指导。因幼年遭逢亡国惨变,破家失母,故不仕元朝,与诸遗老往还。他以曲著称,散曲俊爽秀美,有辑本,见《元人散曲》三种。另有词集《天籁集》。

天净沙[1]·春

春山暖日和风,阑干楼阁帘栊,杨柳秋千院中。啼莺舞燕,小桥流水飞红。

1."天净沙"是曲调,以下同此。这种只用一个曲调的体制,称小令。

寄生草·劝饮¹

长醉后方何碍²，不醒时有甚思³？糟腌两个功名字⁴，醅渰千古兴亡事⁵，曲埋万丈虹霓志⁶。不达时皆笑屈原非⁷，但知音尽说陶潜是⁸。

1.诗人对现实不满，却无斗争勇气，遂向酒里逃避。 2."方"，才。"何碍"，无碍，自由自在。 3."有甚思"，即无所思。 4."糟腌"三句：功名、兴亡、志愿，人所不能忘怀的三件事，都可以酒了之。"糟腌"，腌在酒糟里。 5."醅渰"，音 pēiyān，浸在未漉过的酒里。"渰"，同"淹"。6."曲埋"，埋在酒曲里。 7."不达"二句：用屈、陶的行事说明醒不如醉。"不达时"，不通世故。"屈原非"，屈原被放逐，行吟泽畔，渔父问他何以如此，他说："众人皆醉我独醒，是以见放。"（《楚辞·渔父》）8."但"，在这里如言"只要"。"陶潜是"，陶潜在《五柳先生传》中说："性嗜酒，家贫不能常得；亲旧知其如此，或置酒而招之。造饮辄尽，期在必醉。"

关汉卿

关汉卿（约生于金末，卒于元），名不详，号已斋叟，大都（今北京）人。为人倜傥风流，博学能文，滑稽多智。他是伟大的戏曲家，散曲也有成就，泼辣奇丽，富有生活气息。有辑本，见《元人散曲三种》。

一枝花套¹ 不伏老²

〔一枝花〕攀出墙朵朵花³，折临路枝枝柳。花攀红蕊嫩⁴，柳折翠条柔。浪子风流，凭着我折柳攀花手⁵，直煞得花残柳败休⁶。半生来弄柳拈花⁷，一世里眠花卧柳。

〔梁州第七〕我是个普天下郎君领袖⁸，盖世界浪子班头⁹。愿朱颜不改常依旧，花中消遣，酒内忘忧，分茶、攧竹¹⁰，打马、藏阄¹¹，通五音六律滑熟¹²，甚闲愁到我心头。伴的是银筝女银台前理银筝笑倚银屏，伴的是玉天仙携玉手并玉肩同登玉楼，伴的是金钗客歌《金缕》捧金樽满泛金瓯¹³。你道我老也暂休，占排场风月功名首¹⁴，更玲珑又剔透；锦阵花营都帅头¹⁵，四海遨游。

〔隔尾〕子弟每是个茅草冈、沙土窝初生的兔羔儿乍向围场上走¹⁶，我是个经笼罩、受索网苍翎毛老野鸡蹅踏得阵马儿熟¹⁷，经了些窝弓冷箭蜡枪头¹⁸，不曾落人后。恰不道人到中年万事休¹⁹，我怎肯虚度了春秋²⁰！

〔黄钟煞〕我却是蒸不烂、煮不熟、捶不匾、炒不爆、响当当一粒铜豌豆²¹，恁子弟谁教钻入他锄不断、斫不下、解不开、顿不脱、慢腾腾千层锦套头²²？我玩的是梁园月²³，饮的

是东京酒 ²⁴，赏的是洛阳花 ²⁵，扳的是章台柳 ²⁶。我也会吟诗，会篆籀 ²⁷，会弹丝 ²⁸，会品竹 ²⁹，我也会唱鹧鸪 ³⁰，舞垂手 ³¹，会打围，会蹴鞠 ³²，会围棋，会双陆 ³³。你便是落了我牙，歪了我口，瘸了我腿，折了我手，天与我这几般儿歹症候 ³⁴，尚兀自不肯休 ³⁵；只除是阎王亲令唤，神鬼自来勾，三魂归地府 ³⁶，七魄丧冥幽，那其间才不向烟花路儿上走 ³⁷。

1."套"是套数，又称"散套"。它是联合若干曲调而成的；与小令一样，也是散曲的一种体制。用首曲命名，故称"一枝花套"。 2.这套曲应视为作者的自述，能反映出作者的性格特点与生活的某些侧面。它是关的散曲代表作，但其中的颓废思想则是糟粕。作期约在1280年至1290年间。 3."攀出"九句：这支曲说自己是花柳场中老主顾，过去如此，将来一辈子也如此。"出墙花""临路柳"，指娼妓一流人。 4."红蕊嫩""翠条柔"，比喻妓女的年轻貌美。 5."折柳攀花"，指狎妓。 6."煞"，同"杀"，引申而有战斗的意思。"休"，语助词，无意义。 7."弄柳拈花""眠花卧柳"，与"折柳攀花"意同。 8."我是"十七句：这支曲详述冶游生活，以狎客首领自豪，至老不休。"郎君"，与浪子意近，如言花花公子。 9."班头"，江湖各色人的头领，与头目意近。 10."分茶"二句：这里写的是四种娱乐技艺。"分茶"，品评茶叶的美恶，分为上下等次，疑如"斗茶"（参看唐庚《斗茶记》）。"攧竹"，一种博戏。摇动竹筒，视跌出的竹签上的标志以决胜负。 11."打马"，博戏的一种（参看李清照《打马赋》）。"藏阄"，即藏钩，是一种猜别人手中藏物的游戏（参看邯郸淳《艺经》）。"阄"，音 jiū。 12."五音六律"，指音乐。"五音"，宫、商、角、徵、羽。"六律"，古代以黄钟、太簇等长短不一的十二竹管定音律，称为律吕，又称十二律。其中阳（单数）为律，阴（双数）为吕，都是六个。"滑熟"，极熟悉。 13."金钗客"，插戴金钗的人。《金缕》，曲调名，即《金镂衣》。

"樽"，本作"尊"，古代盛酒器。"金瓯"，如言金杯。　14."占排"句，在戏剧与其他技艺的表演上，他都是杰出的人物。"排场"，同做场。场是戏剧或其他技艺表演的场子。宋元时称演戏或其他技艺的表演为"做场"，或"做排场"。"风月功名"，如言风流事业。　15."锦阵花营"，指歌台舞榭及其他冶游的场所。"都帅头"，总帅头，帅头的首领。"都"有首领的意思。　16."子弟"六句：这支曲表示他虽年老，但在风月场上赛得过年轻人。"子弟"，意即风流子弟，常用以指妓院的狎客。"每"，们。"围场"，打猎的地方。　17."索网"，用绳索网起来。"蹅"，音 chǎ，在泥水里走，这里作奔走践踏讲。"阵马儿熟"，有应付猎人的经验。　18."窝弓"，伏弩的一种，埋在丛草或浮土里，装有机关，踹上即中箭，是猎人的重要工具。"蜡枪头"，用镴制成的枪头。"蜡"应作"镴"，音 là，铅锡的合金。　19."恰不"句：虽有"人到中年万事休"的成语，但我不管这些。"不道"，不管。　20."春秋"，如言年岁。　21."我却"二十七句：这支曲说他经得起折磨打击，要尽情玩耍享受，到死方休。　22."恁"，你们。"他"，指妓院或其他娱乐场的人。他们常常骗弄没有社会经验的顾客。"锦套头"，表面殷勤内里狠毒的圈套。"套头"，即套。北方俗语称牛马身上的羁绊为套，加语助词成为套头。　23."梁园"，汉代梁孝王的园子，在今河南开封附近，有池馆林木。后来常用以泛指名胜地方。　24."东京"，历史上称东京的地方不止一处，这里应是宋的东京，即汴京。　25."洛阳花"，洛阳多花，牡丹尤著名。　26."章台柳"，章台是汉代长安街名，娼妓所居。唐崔国辅《少年行》有"章台折杨柳"。　27."篆籀"，写古字。"篆"与"籀"都是古代书体名。"篆"在这里作动词用。"籀"，音 zhòu，相传为周宣王时太史所造。　28."弹丝"，演奏弦乐，如琵琶之类。　29."品竹"，演奏管乐，如箫、笛之类。　30."鹧鸪"，曲名（参看《宋史·乐志》）。　31."垂手"，舞名（参看《乐府古题要解》）。　32."蹴鞠"，音 cùjū，踢球。　33."双陆"，古博戏名，又称十二棋。　34."歹症候"，恶疾，这里指嗜好歌、舞、球、棋等技艺。　35."尚兀自"，还，同义字连用。"兀"也是尚。"自"，语助词。　36."地府"，道教称阴间为地府。　37."那其间"，那时候。

马致远

马致远（约1251—1321后），号东篱，大都（今北京）人。前半生中，曾任江浙行省务官，并在他处漂泊；晚年退隐。他是个戏曲家，但散曲更著名。他用曲写自己的"幽栖"生活与恬退情趣，评论历史上英雄人物，抒发不得志的牢骚，也涉及其他题材。曲的文人气息颇重；思想不免消沉，而艺术性特强；语言朴素新鲜，风格豪放潇洒。有辑本《东篱乐府》。

寿阳曲

云笼月，风弄铁[1]，两般儿助人凄切。剔银灯欲将心事写[2]，长吁气一声吹灭。

1."铁"，铁马；以铁作马形，挂在檐下，风吹摆动，相触有声。　2."剔银"二句：既爱又恨，故欲诉中止。

拨不断[1]

立峰峦，脱簪冠。夕阳倒影松阴乱，太液澄虚月影宽[2]，海风汗漫云霞断³。醉眠时小僮休唤。

1.这支曲有人以为是李致远的，就它的风格和所体现的作者的才情论，以归马为宜。　2."太液"，汉唐宫中池名，这里指水面辽阔的湖泊。"月影宽"，月与水交映，所照的面积显得更宽广。　3."海风"，指湖上风。"汗漫"，形容风力所及之远。

拨不断

　　布衣中，问英雄，王图霸业成何用！禾黍高低六代宫¹，楸梧远近千官冢²，一场恶梦。

1."禾黍"二句：用唐诗人许浑《金陵怀古》句，因协韵，故前后倒置。"六代"，吴、东晋、宋、齐、梁、陈。这几朝先后建都建康（今南京，吴时称建业）。　2."楸、梧"，古人坟上多种这两种树。

天净沙·秋思¹

　　枯藤老树昏鸦²，小桥流水人家，古道西风瘦马。夕阳西下，断肠人在天涯。

1.曲写秋暮行人的见闻与心情，情景均嫌衰飒。　2."昏鸦"，暮鸦。

耍孩儿套借马 [1]

〔耍孩儿〕近来时买得匹蒲梢骑 [2]，气命儿般看承爱惜 [3]。逐宵上草料数十番 [4]，喂饲得膘息胖肥 [5]。但有些秽污却早忙刷洗，微有些辛勤便下骑。有那等无知辈，出言要借，对面难推。

〔七煞〕懒习习牵下槽 [6]，意迟迟背后随，气忿忿懒把鞍来鞴 [7]。我沉吟了半晌语不语，不晓事颓人知不知 [8]？他又不是不精细，道不得"他人弓莫挽 [9]，他人马休骑"！

〔六煞〕不骑啊西棚下凉处拴 [10]，骑时节拣地皮平处骑。将青青嫩草频频的喂。歇时节肚带松松放，怕坐的困尻包儿款款移 [11]。勤觑着鞍和辔 [12]，牢踏着宝镫，前口儿休提 [13]。

〔五煞〕饥时节喂些草，渴时节饮些水。着皮肤休使尘毡屈 [14]，三山骨休使鞭来打 [15]，砖瓦上休教稳着蹄。有口话你明明的记：饱时休走，饮了休驰。

〔四煞〕抛粪时教干处抛，尿绰时教净处尿。拴时节拣个牢桩橛上系。路途上休要踏砖块，过水处不教践起泥。这马知人义 [16]，似云长赤兔 [17]，如翊德乌骓 [18]。

〔三煞〕有汗时休去檐下拴，渲时休教侵着颓 [19]。软煮料草煎底细 [20]。上坡时款把身来耸 [21]，下坡时休教走得疾。

休道人忒寒碎 [22]，休教鞭飐着马眼 [23]，休教鞭擦损毛衣。

〔二煞〕不借时恶了弟兄 [24]，不借时反了面皮。马儿行嘱咐叮咛记 [25]：鞍心马户将伊打 [26]，刷子去刀莫作疑 [27]。只叹的一声长吁气，哀哀怨怨，切切悲悲。

〔一煞〕早辰间借与他²⁸，日平西盼望你。倚门专等来家内。柔肠寸寸因他断，侧耳频频听你嘶。道一声好去，早两泪双垂。

〔尾〕没道理没道理²⁹，忒下的忒下的³⁰。恰才说来的话君专记。一口气不违借与了你。

1. 曲用借马这个生活中的小事，讽刺爱马如命的吝啬人。　2. "近来"九句：这支曲说，因特别爱马，故不愿出借。"蒲梢"，汉伐大宛，得千里马，名蒲梢（参看《史记·乐书》）。"骑"，音 jì，可骑的马，在这里意与马同。为要协韵，故不用马而用骑。　3. "气命"句：看待马像看待自己的生命。　4. "逐宵"，每夜。　5. "膘息"，即长膘。"息"，生。　6. "懒习"八句：这支曲写勉强出借时的心情。"懒习习"，如言懒洋洋。　7. "鞴"，音 bèi，整顿鞍辔以备骑乘。　8. "𣭔"，生殖器，在这里是骂人语。　9. "道不得"，岂不是这样说？　10. "不骑"句：自此以下四支曲都是嘱咐借马者如何爱护马，包括骑乘、饲养、清洁卫生等。　11. "尻包儿"，如俗语的屁股蛋子。"尻"，音 kāo，屁股。"款款"，形容轻缓。　12. "觑"，音 qù，偷看、窥探，这里泛言看。　13. "前口"，疑是嚼口，又称马勒口；铁制链状，含在马口中，以便驾驭。"休提"，不要用力上拉。　14. "着"，附，这里是说紧挨着。"屈"，未伸直，即铺得不平。　15. "三山骨"，驴马后背近股外的骨骼。　16. "知人义"，如言知好歹、通人性。　17. "云长赤兔"，关羽字云长，他的马名赤兔。　18. "翊德乌骓"，张飞字翼德（"翊"，通"翼"），他的马名乌骓。"骓"，音 zhuī。　19. "渲"，音 xuàn，在这里疑指为马洗浴。　20. "煎底细"，煎煮得仔细。　21. "款把身来耸"，将身慢慢耸起以减轻马身上的压力。　22. "寒碎"，如言琐碎。　23. "𨱏"，音 diū，意如丢、甩。　24. "不借"八句：这支曲主要写不能借的委屈。"恶"，如言得罪。　25.“行”，音 hāng，跟前，那里。　26.“鞍心”二句：不易解，疑文字有误。　27.“刷子”，无赖。　28.“早辰”七句：这支曲是与马叙别。　29.“没道”四句：这支曲在埋怨中提出最后要求。　30.“下的”，如言忍心，当是下得手之省。

夜行船套·秋思 [1]

〔夜行船〕百岁光阴一梦蝶 [2]，重回首往事堪嗟。今日春来，明朝花谢，急罚盏夜阑灯灭 [3]。

〔乔木查〕想秦宫汉阙 [4]，都做了衰草牛羊野。不恁么渔樵没话说 [5]。纵荒坟横断碑，不辨龙蛇 [6]。

〔庆宣和〕投至狐踪与兔穴 [7]，多少豪杰！鼎足虽坚半腰里折 [8]，魏耶 [9]？晋耶？

〔落梅风〕天教你富 [10]，莫太奢 [11]，不多时好天良夜。富家儿更做道你心似铁 [12]。争辜负了锦堂风月。

〔风入松〕眼前红日又西斜 [13]，疾似下坡车。晓来镜里添白雪 [14]，上床与鞋履相别 [15]。休笑鸠巢计拙 [16]，葫芦提一向装呆 [17]。

〔拨不断〕利名竭 [18]，是非绝。红尘不向门前惹 [19]，绿树偏宜屋角遮，青山正补墙头缺，更那堪竹篱茅舍。

〔离亭宴煞〕蛩吟罢一觉才宁贴 [20]，鸡鸣时万事无休歇，何年是彻 [21]！看密匝匝蚁排兵，乱纷纷蜂酿蜜，闹穰穰蝇争血。裴公绿野堂 [22]，陶令白莲社 [23]。爱秋来时那些：和露摘黄花，带霜分紫蟹，煮酒烧红叶。想人生有限杯，浑几个重阳节。人问我顽童记者²⁴：便北海探吾来²⁵，道东篱醉了也²⁶！

1. 曲写作者的生命无常、兴衰无常的人生观和与此相关联的远离红尘、不问世间是非的生活态度；有愤激语，但更多的是主张遁世无闷，及时行乐。这种思想与主张在元散曲中有一定的代表性，基本上是不健康的。 2. "百岁"五句：这支曲慨叹生命短促，光阴易逝。"梦蝶"，《庄子·齐物论》说：庄周曾梦为蝴蝶，"栩栩然蝴蝶也"；忽然醒来，"则蘧蘧然周也"；不知到底是庄周梦为蝴蝶，还是蝴蝶梦为庄周。 3. "急罚"句：尽管抓紧时间饮酒行乐，可是时间还是迅速地溜走。"罚盏"，宴会上罚人饮酒，目的在促人多饮。 4. "想秦"五句：这支曲说明秦汉帝业的无常。 5. "不恁么"，不如此。"渔樵没话说"，宋张昇《离亭宴》有"多少六朝兴废事，尽入渔樵闲话"。马曲本此，而稍有变化。 6. "不辨龙蛇"，当时的风云人物，尽管功业有大小，一死便无差别。 7. "投至"五句：这支曲继续就秦汉发挥，兼及魏晋。"投至"，等到。"狐踪与兔穴"，宫阙坟墓皆成野兽窟宅。 8. "鼎足"句：魏、蜀、吴三国争雄，而历时短促。 9. "魏耶"二句：魏与晋的命运并不比前代好。 10. "天教"五句：前二曲皆就帝王豪杰的功业言，这支曲就财富言；人应珍重良辰美景，不应沉溺于金钱。 11. "莫太奢"，不要太过，也就是不可无止地追求财富。 12. "更做道"，即令。 13. "眼前"六句：这支曲说，时间易逝，老与死是旦夕间事，应与世无争，安分自守。 14. "晓来"句：一夜间人便由壮而老。"晓来"，或作"不争"，在文义上欠妥顺。 15. "上床"句：次日生死难保。"与鞋履相别"，脱鞋睡觉也是场别离，明日穿不穿是无定的。 16. "鸠巢计拙"，相传鸠是拙鸟，不自造巢，常占据鹊的窝。 17. "葫芦提"，即糊涂。 18. "利名"六句：揭示自己的生活要求，即摒弃利名，泯灭是非，傍绿树、对青山，过朴素安静的日子。 19. "红尘"，指尘土，也指现实社会的庸俗纠纷。这里是双关，重在后者。　20."蛩吟"十七句：这支曲先讽刺庸人俗子的奔竞名利，次以自己为例，教人如何生活。"蛩"，音 qióng，吟蛩，即蟋蟀。"一觉才宁贴"，刚刚睡安稳。　21."彻"，完，尽。　22."绿野堂"，唐裴度于洛阳午桥建别墅，广植花木，中起台馆，名绿野堂（参看《唐书·裴度传》）。　23."白莲社"，晋名僧慧远在庐山建白莲社，研讨佛理，陶潜曾被邀入社，未久退去（参看《莲社高贤传》）。　24."顽童"，指他的小使。"者"，语助词，在这里意如着。　25."北海"，汉末名士孔融曾为北海相，世称孔北海。　26."东篱"，作者自称。

冯子振

　　冯子振（1257—约1348），字海粟，攸州（今湖南攸县）人。为人豪俊，博学有才思。曾任承事郎、集贤待制。散曲多豪放，见《太平乐府》等选本。

鹦鹉曲·农夫渴雨

　　年年牛背扶犁住[1]，近日最懊恼杀农父。稻苗肥恰待抽花，渴煞青天雷雨[2]！　〔幺〕[3]恨残霞不近人情，截断玉虹南去[4]。望人间三尺甘霖[5]，看一片闲云起处[6]。

1."住"，这样过下去，是停留的引申意。 2."渴煞"，渴死，言需要殷切。 3."么"，么篇之省；前曲再用称"么篇"。每支散曲一般只有一段，个别曲调有两段的，后者即前者的重复，称"么"。 4."残霞""玉虹"，农村占候晴雨的谚语有"晚烧行千里"。"烧"即霞，是说傍晚有霞，次日必晴。霞遮断虹说明今天的雨已停，明天的雨也无望。"南去"，虹的弧形是南北的，霞向南移动则将虹遮断。 5."甘霖"，甘雨；长物为甘，害物为苦。 6."看一"句：闲云本不降雨，因为盼雨特别殷切，所以闲云将也引起注视。

张养浩

张养浩（1270—1329），字希孟，济南（今山东济南）人。初为东平学正，累迁至礼部侍郎、礼部尚书等职。曾因上书论时政，言过切直，罢官；最后因治旱救灾，劳瘁而死。他也写艳曲，但最出色的是批判现实的作品；歌咏林泉的也有佳作。风格多豪放清逸。有《云庄休居自适小乐府》。

山坡羊·潼关怀古 [1]

峰峦如聚 [2]，波涛如怒，山河表里潼关路 [3]。望西都 [4]，意踟蹰。

伤心秦汉经行处，宫阙万间都做了土。兴，百姓苦；亡，百姓苦。

1.作者俯仰古今，认为尽管改朝换代，百姓的痛苦总是不能解除。作期当在元仁宗延祐初（1315前后）或文宗天历二年（1329）。　2."聚"，形容群山攒立。　3."表里"，表是外，里是内。《左传》僖公二十八年："表里山河，必无害也。"注："晋国外河而内山。"　4."西都"，指秦汉故都。

红绣鞋[1]

才上马齐声儿喝道[2]，只这的便是那送了人的根苗[3]，直引到深坑里恰心焦。祸来也何处躲，天怒也怎生饶，把旧来时威风不见了[4]。

1.曲揭露当时政治生活的风险，也间接地反映出统治阶级的内部矛盾。　2."喝道"，古时官吏出门仪式之一，令人在车马前引导传呼，教沿途行路的人停下，坐着的人站起。　3."送"，葬送，断送。　4."旧来"，即旧；"来"，语助词。

张可久

张可久（1280—约1352），字小山，庆元（今浙江宁波一带）人。曾以路吏转首领官，老年仍不得志。久居西湖，又漫游虎丘、黄山、天台诸胜地。他专写散曲，特别致力于小令。曲多歌咏山水和与此有关的生活、情感。风格清新秀丽，但因过于"骚雅"，以致少了散曲的朴茂爽辣的本色。有《小山乐府》。

清江引·桐柏山中 [1]

松风小楼香缥缈，一曲寻仙操 [2]。秋风玉兔寒 [3]，野树金猿啸，白云半天山月小。

1. "桐柏山"，一在河南、湖北交界处，一在浙江天台县西北；二山林峦皆幽胜。张可久是浙人，此曲所咏应是后者，《红绣鞋》曲的标题"天台桐柏山中"可证。　2. "操"，古代的琴曲常称"操"，如《猗兰操》《龟山操》等。　3. "玉兔"，代指月。相传月中有兔，故有此称。

红绣鞋·天台瀑布寺 [1]

绝顶峰攒雪剑 [2]，悬崖水挂冰帘，倚树哀猿弄云尖 [3]。血华啼杜宇 [4]，阴洞吼飞廉 [5]。比人心山未险 [6]！

1.“天台”，指天台山，在浙江天台县北。 2.“攒雪剑”，群峰积聚，洁白（山高戴雪）、尖锐。 3.“弄”，本指奏曲，猿声有节奏，故用它指猿啼。“云尖”，山的最高处。 4.“血华”句：杜鹃啼血，鲜血变成了杜鹃花。“华”同“花”。“杜宇”，杜鹃鸟，相传它啼时嘴上有血。 5.“飞廉”，鸟身鹿头，有毛有翼的怪兽。 6.“比人”句：人心较山更险。

醉太平·失题[1]（二首选一）

人皆嫌命窘，谁不见钱亲。水晶环入面糊盆[2]，才沾黏便滚。文章糊了盛钱囤[3]，门庭改做迷魂阵[4]，清廉贬入睡馄饨[5]。胡芦提倒稳[6]。

1.曲讽刺崇拜金钱的丑恶风尚。 2.“水晶”二句：比喻精明的人碰到金钱也立即丧失理智，胡作非为。 3.“文章”句：为金钱可在文章中颠倒是非。 4.“门庭”句：为金钱不惜让家里人做出娼妓的行径。“迷魂阵”，指妓院。《金线池》杂剧里，妓女杜蕊娘拒绝接客时说：“休想道泼烟花再打入迷魂阵。” 5.“清廉”句：为金钱，耿介的人可丧失骨气。“睡馄饨”，疑是当时俗语，《陈抟高卧》杂剧有“执着这白象笏似睡馄饨”，意即站不起来；这里应是引申意，如今言“软骨头”。 6.“胡芦”句：不贪财的人即使糊涂，却是可靠。

水仙子·怀古 [1]

秋风远塞皂雕旗 [2]，明月高台金凤杯 [3]。红妆肯为苍生计 [4]，女妖娆能有几？两蛾眉千古光辉。汉和番昭君去，越吞吴西子归 [5]，战马空肥 [6]。

1. 颂美昭君、西施为祖国安全而远嫁异国。　2.“秋风”二句：分写昭君赴匈奴、西施在吴宫的情况。“皂雕旗”，古代北方民族用的一种旗帜。元无名氏《水仙子》有“打着面皂雕旗招飐，忽地转过山坡，见一火番官唱凯歌”。　3.“高台”，应指吴国的姑苏台，在今江苏苏州姑苏山上。　4.“红妆”三句：将她们的行为提到爱国爱民的高度来赞美。　5.“越吞”句：西施美姿容，越为吴败，献西施于吴王；越灭吴，西施返越。　6.“战马”句：指出她们远嫁的效果。既无战事，马虽肥也用不着。

钟嗣成

钟嗣成（约 1275—1345 以后），字继先，号丑斋，大梁（今河南开封）人。累试不第，不屑为吏，作《录鬼簿》寄意；交游颇广，当时名曲家多与往还。散曲风格豪放，往往寓愤懑于讽嘲；传者不多，见《太平乐府》《乐府群玉》等选本中。

一枝花套·自序丑斋[1]

〔一枝花〕生居天地间[2]，禀受阴阳气，既为男子身，须入世俗机[3]。所事堪宜[4]，件件可咱家意[5]。子为评跋上惹是非[6]，折莫旧友新知[7]，才见了着人笑起。

〔梁州〕子为外貌儿不中抬举[8]，因此内才儿不得便宜，半生未得文章力。空自胸藏锦绣，口唾珠玑，争奈灰容土貌[9]，缺齿重颏[10]，更兼着细眼单眉[11]，人中短髭鬓稀稀[12]。那里取陈平般冠玉精神[13]，何晏般风流面皮[14]，那里取潘安般俊俏容仪[15]。自知，就里[16]，清晨倦把青鸾对[17]，恨杀爷娘不争气。有一日黄榜招收丑陋的[18]，准拟夺魁。

〔隔尾〕有时节软乌纱抓劄起钻天髻[19]，干皂靴出落着簌地衣[20]，向晚乘闲后门立。猛可地笑起，似一个甚的？恰便似现世钟馗唬不杀鬼[21]。

〔牧羊关〕冠不正相知罪[22]，貌不扬怨恨谁，那里也尊瞻视貌重招威[23]！枕上寻思，心头怒起；空长三十岁，暗想九千回，恰便似木上节难镑刨[24]，胎中疾没药医。

〔贺新郎〕世间能走的不能飞[25]，饶你千件千宜，百伶百俐。闲中解尽其中意，暗地里自恁解释。倦闲游出塞临池，临池鱼恐坠，出塞雁惊飞，入园林宿鸟应回避[26]。生前难入画，死后不留题[27]。

〔隔尾〕写神的要得丹青意[28]，子怕你巧笔难传造化机[29]。

不打草两般儿可同类 [30]：法刀鞘依着格式 [31]，妆鬼的添上嘴鼻 [32]，眼巧何须样子比 [33]。

〔哭皇天〕饶你有拿雾艺冲天计 [34]，诛龙局段打凤机 [35]，近来论世态，世态有高低——有钱的高贵，无钱的低微。那里问风流子弟 [36]！折末颜如灌口，貌赛神仙，洞宾出世，宋玉重生 [37]，设答了馒的，梦撒了寮丁 [38]，他采你也不见得 [39]，枉自论黄数黑 [40]，谈说是非。

〔乌夜啼〕一个斩蛟龙秀士为高第 [41]，升堂室今古谁及 [42]；一个射金钱武士为夫婿 [43]，韬略无敌 [44]，武艺深知。丑和好自有是和非，文和武便是傍州例 [45]。有鉴识，无嗔讳，自花白寸心不昧 [46]，若说谎上帝应知。

〔收尾〕常记得半窗夜雨灯初昧 [47]，一枕秋风梦未回。见一人，请相会，道咱家，必高贵。既通儒，又通吏 [48]，既通疏，更精细。一时间，失商议，既成形 [49]，悔不及。子教你，请俸给，子孙多，夫妇宜，货财充，仓廪实，福禄增，寿算齐 [50]，我特来，告你知。暂相别，恕情罪。叹息了几声，懊悔了一会。觉来时记得，记得他是谁？元来是不做美当年的捏胎鬼 [51]。

1.曲似自嘲，实是讽世；为重金钱、形貌，轻才能的丑恶社会风尚而发。作期在元仁宗延祐七年（1320）左右。　2."生居"九句：这支曲说，既为男子，便须通达世故，才能得别人欢心。自己因为不能如此，所以受人非笑。　3."入世俗机"，能迎合庸俗社会的心理。　4."所事"，一切事。　5."可"，称，合。　6."子为"，只为。"评跋"，评论。　7."折莫"，与"遮莫"同，尽管。　8."子为"十八句：这支曲申诉因貌不扬而受歧视，并刻画自己的丑陋。 9."灰容土貌"，面色不红润。 10."重颏"，即重下颏，脸的最下部，过宽肥。"颏"，音ké，俗称下巴颏儿。 11."细眼单眉"，眼小眉稀。 12."人中"，上唇正中的凹痕。 13."陈平般冠玉精神"，汉陈平有美名。《汉书·陈平传》："平虽美丈夫，如冠玉耳。" 14."何晏"句：魏何晏美姿仪，"面至白，魏明帝疑其傅粉"（《世说新语·容止》）。 15."潘安般俊俏容仪"，晋潘岳字安仁，至美，"少时，挟弹出洛阳道，妇人遇者莫不连手共萦之"（《世说新语·容止》）。 16."就里"，底细，内部情况。 17."青鸾"，指镜。 18."黄榜"，古时，皇帝的文告用黄纸书写，故有此称。 19."有时"六句：这支曲说，穿戴齐整时仍然丑陋。"乌纱"，乌纱帽。"抓劄"，未详，疑如扎裹。"钻天髻"，高髻。 20."出落"，显得，在这里有衬托的意思。"籤地衣"，拂地的长衣。 21."钟馗"，相传钟馗貌丑，能捉鬼，他的像可避妖邪（参看《梦溪笔谈·补笔谈》）。"馗"，音kuí。 22."冠不"九句：这支曲说，貌丑无法补救，也不能怨人。"罪"，作动词用，责备。 23."那里"句：哪里说得上用庄严的仪表赢得别人尊敬。《论语·尧曰》："君子正其衣冠，尊其瞻视，俨然人望而畏之。""貌重招威"，《论语·学而》有"君子不重则不威"。 24."镑刨"，音bàngbào，削刮使平。 25."世间"十一句：这支曲说，自己曾有所领会解释——万物无全能，人有才智便难免无貌；像这样鱼鸟都惊怕的丑人，生前死后都将寂寞无闻。 26."鱼恐坠""雁惊飞""宿鸟应回避"，将"沉鱼落雁"这个形容绝色的成语反过来用，以形容奇丑。 27."不留题"，不曾留下值得题咏的。 28."写神"六句：这支曲说，如果要给画像，大可依照钟馗的像来画。"写神"，如写真，即画像。"丹青意"，画意。 29."造化机"，天地自然的奥秘，这里指天生的丑态。 30."不打草"，不起草稿。"同类"，一类，相类似。钟嗣成的画像与钟馗的画像同样丑怪，故言同类。 31."法刀"，降神伏鬼者作法时所用的刀。"鞘"，音qiào，刀剑的套子。"格式"，指钟馗像已有的格式。 32."妆鬼的"，钟馗捉鬼，故他的画像上有鬼的像。钟嗣成貌丑似钟馗，在他的像上也可以画个妆鬼的。"添上嘴鼻"，在嘴鼻部分加工。 33."眼巧"，画工的眼睛灵巧。 34."饶你"十六句：这支曲批判重财富、轻才貌的世态。意思是貌固然比才重要，但财富更受重视，如是穷汉，即令貌美仍然不被尊重。 35."拿雾艺冲天计""诛龙局段""打凤机"，都指出类拔萃、神妙不测的才智。"局段"，器局与手段。"机"，机谋。 36."那里问"，即不问。 37."灌口""洞宾""宋玉"，他们虽有仙凡之别，但貌都俊美。"灌口"，灌口的神赵昱（一说是李冰的次子）。"洞宾"，吕岩字洞宾，八仙之一。 38."设答"二句：都是无钱。前者约指本来贫穷，后者约指富而骤贫。"馒的""寮丁"，皆指钱。"设答了"，"设"与"没"形近，"答"与"得"音近，疑即没得了。"梦撒"，或作"猛杀"，"梦""猛"音近，"撒""杀"形近，疑应为"猛撒"，意如突然失去。 39."他采"句：句法倒装，即也不见得采你。"采"，即"睬"。 40."枉自"二句：发尽议论也是枉然。 41."一个"十一句：这支曲用具体例证为丑陋或贫寒的人张目。"斩蛟秀士"，疑是周处的故事。晋周处斩蛟杀虎为民除害，官至御史中丞（参看《晋书·周处传》）。"秀士"，如秀才，常用以泛指读书人。"高第"，高等；官吏治行优良为高第。 42."升堂室"，升堂入室之省（参看《论语·先进》），意即造诣很深。 43."射金钱武士"，元杨显之有《丑驸马射金钱》杂剧，题材或即此事；惜剧已佚，无从确定。 44."韬略"，军事上的谋略。 45."文和武"，指上文的"秀士"和"武士"。"傍州例"，榜样，例子。 46."花白"，议论。 47."常记"三十一句：这支曲写"捏胎鬼"入梦道歉，并预告未来的富贵。"灯初昧"，灯方息。"昧"，昏暗不明，这里用引申义。 48."通吏"，深晓吏治。 49."既成形"，已成丑形。 50."齐"，"百年大齐"的"齐"（参看《列子·杨朱》）。这里泛言寿长。 51."不做美"，不做好事、不顺人意。

醉太平·失题[1]（三首选一）

　　风流贫最好[2]，村沙富难交[3]。拾灰泥补砌了旧砖窑，开一个教乞儿市学，裹一顶半新不旧乌纱帽，穿一领半长不短黄麻罩[4]，系一条半联不断皂环绦[5]，做一个穷风月训导[6]。

1.用旷达傲岸的态度对待落魄的处境，曲的精神与《自序丑斋》套相类。　2."风流"二句：宁愿选择贫而风流，不愿选择富而粗俗。"风流"是说不拘礼法，异乎庸俗。　3."村沙"，粗俗。　4."罩"，指外衣。　5."环绦"，指腰带。　6."训导"，官名，负责州、县学政，教谕所属生员。

乔　吉

　　乔吉（约1280—1345），字梦符，太原（今山西太原）人，流寓杭州。他自命为"烟霞状元，江湖醉仙"；过的是"批风抹月"的生活，却以威严自持。曲多清丽，善写景；与张可久并称，但能雅俗兼赅。有《梦符散曲》。

水仙子·寻梅

冬前冬后几村庄[1]，溪北溪南两屦霜[2]，树头树底孤山上[3]。冷风来何处香？忽相逢缟袂绡裳[4]。酒醒寒惊梦[5]，笛凄春断肠[6]，淡月昏黄。

1. "几村庄"，言走遍许多村庄。　2. "屦"，音 jù，麻鞋。　3. "孤山"，在杭州西湖里，多梅。这里用以指多梅的地方。　4. "缟袂绡裳"，将梅花比作淡妆素衣的美人。"缟"，音 gǎo，白绢。"绡"，音 xiāo，生丝织的薄绸。　5. "酒醒"句：醉卧梅下，因寒而醒。　6. "笛凄"句：笛声引起惆怅；笛曲中有《梅花落》，故云。

山坡羊·失题[1]

朝三暮四[2]，昨非今是[3]，痴儿不识荣枯事[4]。攒家私[5]，宠花枝[6]，黄金壮起荒淫志。千百锭买张招状纸[7]。身[8]，已至此；心，犹未死。

1. 曲斥责富人的狡诈、昏庸、荒淫。　2. "朝三"句：用《庄子·齐物论》养狙（猴属）者的故事，说明反复无常，虚伪欺诈。养狙者给众狙橡子吃，先说"朝三而莫（暮）四"，众狙皆怒；后来改说"朝四而暮三"，众狙皆喜。　3. "昨非"句：意同前句。陶潜《归去来辞》有"觉今是而昨非"，意与此异。　4. "痴儿"句：富人尽管反复狡诈，但不懂事物兴衰的道理。 5."攒家"三句：他们贪财好色，越有钱越荒淫。 6."花枝"，这里指貌美的姬妾。 7."千百"句：耗费去大量金钱，结果是暴露自己的罪恶。"锭"，旧时用以计算金银的单位，每锭重十两或五两。"招状纸"，招状，即罪犯承认罪状的文件。 8."身"四句：直到最后失败，仍不悔悟。

睢景臣

　　睢景臣（生卒未详），字嘉贤，又字景贤，扬州（今江苏扬州）人。幼好学，嗜音律。元成宗大德七年（1303）游杭，与钟嗣成结识。散曲传者不多，但有杰作，散见《太平乐府》。

哨遍套·高祖还乡[1]

　　〔哨遍〕社长排门告示[2]，但有的差使无推故[3]。这差事不寻俗[4]，一壁厢纳草也根[5]，一边又要差夫[6]，索应付[7]。又言是车驾，都说是銮舆[8]，今日还乡故[9]。王乡老执定瓦台盘[10]，赵忙郎抱着酒葫芦。新刷来的头巾，恰糨来的袖衫[11]，畅好是妆么大户[12]。

　　〔耍孩儿〕瞎王留引定火乔男女[13]，胡踢蹬吹笛擂鼓[14]。见一彪人马到庄门[15]，匹头里几面旗舒[16]：一面旗白胡阑套住个迎霜兔[17]，一面旗红曲连打着个毕月乌[18]，一面旗鸡学舞[19]，一面旗狗生双翅[20]，一面旗蛇缠葫芦[21]。

〔五煞〕红添了叉，银铮了斧[22]，甜瓜苦瓜黄金镀[23]，明晃晃马镫枪尖上挑[24]，白雪雪鹅毛扇上铺[25]。这几个乔人物，拿着些不曾见的器杖，穿着些大作怪的衣服[26]。

〔四〕辕条上都是马[27]，套顶上不见驴[28]。黄罗伞柄天生曲。车前八个天曹判[29]，车后若干递送夫。更几个多娇女[30]，一般穿着，一样妆梳。

〔三〕那大汉下的车[31]，众人施礼数[32]。那大汉觑得人如无物。众乡老屈脚舒腰拜，那大汉挪身着手扶，猛可里抬头觑[33]。觑多时认得，嵓（险）气破我胸脯。

〔二〕你须身姓刘[34]，你妻须姓吕[35]。把你两家儿根脚从头数[36]：你本身做亭长[37]，耽几盏酒[38]，你丈人教村学，读几卷书，曾在俺庄东住，也曾与我喂牛切草，拽坝（壩）扶锄[39]。

〔一〕春采了桑[40]，冬借了俺粟，零支了米麦无重数[41]。换田契强秤了麻三秤，还酒债偷量了豆几斛。有甚胡突处[42]？明标着册历[43]，见放着文书[44]。

〔尾〕少我的钱[45]，差发内旋拨还，欠我的粟，税粮中私准除[46]。只道刘三谁肯把你揪摔住[47]，白甚么改了姓，更了名，唤做汉高祖[48]。

1.汉高祖还乡与父老宴饮见《汉书·高帝纪》。作者不用这些材料，而根据有关高祖微贱时的记载，托于被抓差迎驾的乡民，对封建王朝统治者

进行辛辣的讽嘲。皇帝是无赖的化身，这种思想在当时是大胆的、进步的。　2.“社长”十四句：这支曲透过社长分付“差使”与社中人的忙乱，反映统治者妄作威福的势派。“社长”，社是古时地方区域的基层单位，它的负责人称社长。“排门告示”，挨家挨户通知。　3.“但有”，只要有，意即一切。“无推故”，不得借故推辞。　4.不寻俗”，不平常。　5.“一壁厢”，一边，一面。“纳草也根”，供应去根的刍草。“也”字恐为“去”字之误。　6.“差夫”，夫役。　7.“索”，必须。　8.“车驾”“銮舆”，都是皇帝的车子，但常用以指皇帝。　9.“乡故”，如言故乡。　10.“乡老”，比较富有而又年长的人。“瓦台盘”，瓦制的献菜托盘。　11.“恰糨来”，刚浆了。“糨”，音jiàng，用米汁浸湿，晾半干，熨平。　12.“畅好是”，正好是，真是。“妆么”，装模作样。“么”，音yāo，同“幺”。“大户”，财主，地主。　13.“瞎王留”九句：这支曲写在社里人的忙乱中皇帝的仪仗来到。“王留”，元曲家给老百姓的通名，如今言张三、李四。“乔”，恶劣，怪模怪样。　14.“胡踢蹬”，如言胡乱搞，也可能是某个乡民的外号。　15.“一彪”，应是“一彪”，古小说中常言一彪人马，意如一队。　16.“匹头”，与劈头同，意即迎头、当头。　17.“胡阑”，环的复音。现在北方俗语还这样说。“迎霜兔”，指白兔。相传月中有兔捣药。　18.“曲连”，圈的复音。现在北方俗语还这样说。“毕月乌”，古代传说中日有三足。“毕”可能是“弊”字，“月”可能是“日”字。《楚辞·天问》有“羿焉弊日，乌焉解羽”可为证；而且，前句既言月旗，此句应是日旗。　19.“鸡学舞”，指舞凤。乡民不识凤凰，误以为鸡。　20.“狗生双翅”，指飞虎。　21.“蛇缠葫芦”，指龙戏珠。　22.“银铮”，意如银镀。　23.“甜瓜”句：指金瓜锤。　24.“马镫枪尖上挑”，指朝天镫。　25.“鹅毛扇上铺”，指鹅毛宫扇，又称障扇。　26.“大作怪”，十分奇怪。　27.“辕条”八句：这支曲写仪仗过后，皇帝的车子出现。车后有侍从。　28.“套顶”，指行车时套在牲口的颈项和身旁的圈套与绳索。“都是马”“不见驴”，农村里马少驴多，所以见有马无驴便诧异。　29．"天曹判"，天上的官吏，判官。指扈从侍臣。　30．"多娇女"，漂亮妇女，指宫女。　31．"那大"八句：这支曲写皇帝与众乡民见面，秘密被人识破。　32．"施礼数"，施礼。　33．"猛可里"，猛然间。　34．"你须"十句：这支曲揭出皇帝的家世、出身等。"须"，在这里意如准是。　35．"姓吕"，指吕后。　36．"根脚"，根底，指出身。　37．"亭长"，秦时，十里为一亭，亭有亭长。　38．"耽儿"句：《汉书·高帝纪》说高祖"好酒耽色"。"耽"，嗜好。　39．"坝"，应作"耙"，一种碎土的农具。　40．"春采"八句：这支曲揭出皇帝的欠借、勒索、暗偷、明要种种无赖行为。　41．"无重数"，不计其数。　42．"胡突"，糊涂。　43．"明标"句：日期写得明白。　44．"文书"，指借契。　45．"少我"八句，这支曲表示要讨债，并以为刘邦称汉高祖是想逃债。"差发"，当官差。当时人民被派到官差，可以出钱雇人代替。"旋"，现，立刻。46．"私准除"，私下扣除。　47．"刘三"，高祖小字季，季即行三。　48．"白"，平白、无缘无故。

徐再思

　　徐再思（生卒未详），字德可，号甜斋，嘉兴（今浙江嘉兴）人。年辈与乔吉相仿佛，散曲的题材、风格也与乔近。曲见辑本《酸甜乐府》。

阅金经·春[1]

　　紫燕寻旧垒[2]，翠鸳栖暖沙[3]。一处处绿杨堪系马。他[4]，问前春沽酒家。"秋千下[5]，粉墙边红杏花。"

1. 曲写春日寻所欢。　2. "紫燕"二句：在写景中已隐寓寻人的意思。"旧垒"，指旧巢。　3. "暖沙"，春日所照射的沙。　4. "他"二句：探问所寻者的住处。　5. "秋千"二句：酒家的回答。

贯云石

　　贯云石（1286—1324），畏兀儿（亦作"畏吾儿"，即今维吾尔）族，以父贯只哥得姓，原名小云石海涯，号酸斋。曾为两淮万户府达鲁花赤（官名）、翰林侍读学士，后弃官归隐。散曲以豪放清逸见长，似马致远。曲见辑本《酸甜乐府》。

塞鸿秋·代人作 [1]

战西风几点宾鸿至 [2]，感起我南朝千古伤心事 [3]。展花笺欲写几句知心事，空教我停霜毫半晌无才思。往常得兴时 [4]，一扫无瑕玼 [5]，今日个病恹恹刚写下两个相思字。

1. 从写不出如何相思来表现相思的深刻是曲的新颖处。 2. "战西风"，与西风相对抗，即逆风而飞。"宾鸿"，《礼记·月令》有"鸿雁来宾"。 3. "南朝千古伤心事"，用吴激词句，指旧日在南方的恋爱故事。 4. "得兴时"，有兴致的时候。 5. "无瑕玼"，没有毛病。"玼"，音 cī，玉的斑点。

周德清

周德清（1277—1365），号挺斋，高安（今江西高安）人。精通音律声韵，著《中原音韵》。散曲多工丽，散见《太平乐府》。

塞鸿秋·浔阳即景 [1]

　　长江万里白如练，淮山数点青如靛 [2]，江帆几片疾如箭，山泉千尺飞如电。晚云都变露 [3]，新月初学扇 [4]，塞鸿一字来如线 [5]。

1."浔阳"，即今江西九江。　2."淮山"，淮水左右的山。"靛"，音diàn，青色染料。　3."晚云"句：云散尽，露降落。　4."初学扇"，将圆未圆。"扇"，指团扇。　5."塞鸿"，边塞的鸿；鸿自北边来，故有此称。

张　翥

　　张翥（音 zhù）（1287—1368），字仲举，号蜕庵，晋宁（今山西临汾一带）人。五十多岁方做官，从国子助教，做到河南行省平章政事，以翰林学士承旨致仕。他以诗知名，义军的声势、人民的痛苦在诗中时有反映。有《蜕庵集》。

人雁吟，悯饥也，二章 [1]（选一）

雁啄啄 [2]，飞搏搏 [3]，江边虞人缚矰缴 [4]；人饥处处规尔肉 [5]，岂知雁饥肉更薄。城中卖雁不值钱，市内籴米斗五千，妻儿煮糜不敢饱 [6]，朝朝射雁出江边。不闻关中易子食 [7]，空里无人骨生棘，县官赈济文字来，汝尚可生当自力 [8]。

1. 元顺帝至正十八年（1358），陕西的鄜州、凤翔、岐山皆大旱，岐山人相食（参看《元史·五行志》），诗可能作于此时。　2. "雁啄"三句：雁尽力求生，不料饥民准备捕它为食。"啄啄"，不停地觅食。　3. "搏搏"，鼓翅飞翔。　4. "虞人"，管理山泽园囿的官，这里泛指捕捉鸟兽的人。"矰缴"，音 zēngzhuó，弋射飞鸟的工具，以绳系矢而射。　5. "人饥"二句：饥民打算用雁充饥，却不知饥雁无肉可食。"规"，图谋。"尔"，指雁。6. "糜"，音 mí，粥。　7. "不闻"四句：安慰饥民，讽刺官府。　8. "自力"，自己努力。

题牧牛图 [1]

去年苦旱蹄敲块 [2]，今年水多深没鼻，尔牛觳觫耕得田 [3]，水旱无情力皆废。画中见此东皋春 [4]，牧儿超摇犊子驯 [5]，手持鸲鹆坐牛背 [6]，风柳烟芜愁杀人 [7]。儿长犊壮须尽力 [8]，岂惜辛勤供稼穑；纵然喘死死即休，不愿征求到筋骨 [9]。

1. 诗从牛着笔，实为人而发。它揭示自然灾害与封建剥削带给农民的苦难，并点出作者希望劳动人民过好日子的愿望。　2. "蹄敲块"，天旱土块坚硬，牛行地上，好像用蹄敲击。　3. "觳觫"，音húsù，因恐惧而体缩。　4. "画中"四句：画里与现实不同，年境好，人与牛皆安乐。"皋"，水边，这里泛指田原。　5. "超摇"，心情激动，这里是因快乐而激动。　6. "鸲鹆"，音qúyù，俗称八哥，能学人言与他种鸟类的叫声。　7. "烟芜"，为烟霭所笼罩的平芜。"愁杀人"，画中风物美好，使身经荒年的人看到不胜感慨。　8. "儿长"四句：代牛言。是说愿竭力耕种，死亦不辞；残酷的"征求"惨于劳瘁而死。　9. "征求"，指官方的种种搜刮。"到筋骨"，如言敲骨吮髓。牛的筋骨皆可使用，诗代牛言，所以用"到筋骨"形容搜刮之惨。

张鸣善

张鸣善（生卒未详），北方人。《太和正音谱》称他为"一代之作手"。有《英华集》，今佚。散曲风格奇丽，见《南北小令》《辍耕录》。

水仙子·讥时 [1]

铺眉苫眼早三公 [2]，裸袖揎拳享万钟 [3]，胡言乱语成时用 [4]，大纲来都是烘[5]。说英雄谁是英雄？五眼鸡岐山鸣凤[6]，两头蛇南阳卧龙[7]，三脚猫渭水非熊[8]。

1. 曲讥刺当时政治上招摇撞骗是非混淆的恶劣风气。　2. "铺眉苫眼"，如言装模作样。"三公"，周、汉的三公各不相同，一般指最高级的朝廷官吏。　3. "万钟"，极言俸禄优厚。"钟"，量名，合六斛四斗。　4. "成时用"，一时人都奉行。　5. "大纲来"，总之。"烘"，应作"哄"，欺骗。　6. "五眼鸡"，疑即"乌眼鸡"（见《红楼梦》七十五回），可能是指猜忌心重，惯于排挤别人的人。"岐山鸣凤"，相传周代将兴时，凤鸣岐山。　7. "两头蛇"，相传见两头蛇者必死（参看《贾谊新书》），故用以代表狠毒的人。"南阳卧龙"，诸葛亮躬耕南阳，时人以为卧龙。　8. "三脚猫"，现在俗语尚有三脚猫，常用来指冒失轻浮，又无才能的人。"渭水非熊"，周文王将出猎，卜曰："所获非龙非彲（螭），非熊非罴，所获霸王之辅。"后在渭滨遇太公（吕望）（参看《史记·齐太公世家》）。"非"或作"飞"，应是误传。

王　冕

　　王冕（1287—1359），字元章，诸暨（今浙江诸暨）人。家境贫寒，以力学成通儒。屡试不第，又拒绝荐举，遂以布衣终老。曾漫游淮楚诸地，北到燕都，后携妻子隐居著书。他是元代的杰出诗人。诗反映人民的痛苦，讽刺统治阶级，抒写耿介自守、蔑视利禄的志趣，风格朴素刚健。有《竹斋集》。

冀州道中 [1]

　　我行冀州路，默想古帝都 [2]；水土或匪昔 [3]，禹贡书亦殊 [4]。城郭类村坞 [5]，雨雪苦载涂 [6]，丛薄聚冻禽 [7]，狐狸啸枯株。寒云着我巾，寒风裂我襦；盱衡一吐气 [8]，冻凌满髭须 [9]。程程望烟火，道旁少人居；小米无得买，浊醪无得酤 [10]。土房桑树根，仿佛似酒垆 [11]，徘徊问野老，"可否借我厨 [12]？"野老欣笑迎，近前挽我裾 [13]。热水温我手，火坑暖我躯 [14]。叮咛勿洗面，洗面破皮肤。我知老意仁，缓缓驱仆夫 [15]。切问老何族 [16]，云是"奕世儒 [17]。自从大朝来 [18]，所习亮匪初 [19]。民人籍征戍 [20]，悉为弓矢徒 [21]。纵有好儿孙，无异犬与猪。至今成老翁，不识一字书；典故无所考 [22]，礼义何所拘 [23]。论及祖父时，痛入骨髓余 [24]。"我闻忽太息，执手空踌躇 [25]；踌躇问苍天，何时更得甦 [26]！饮泣不忍言，拂袖西南隅 [27]。

1.元冀州属真定路，今河北衡水市冀州区一带。诗控诉元统治者对经济、文化的破坏、摧残。王冕曾北游燕都，诗或作于此时。年代可能在元顺帝至正元年至八年（1341—1348）间。　2."古帝都"，古代，尧都平阳，舜都蒲坂，禹都安邑，都在冀州。　3."水土"二句：《禹贡》首列冀州，但今日的冀州却贫困萧条，原因当是今昔水土不同。这种解释似是为避免政治迫害的曲笔。　4."禹贡"，《尚书》的一篇，记载全中国的疆域、土壤、物产等。相传是禹治水后所作，实出战国人手。　5."类村坞"，像乡村防卫用的小堡。"坞"，音 wù。　6."载涂"，满路都是。"载"，在。　7.“丛薄”句：草木丛中聚集着挨冻的鸟。　8.“盱衡”，举目扬眉。“盱”，音xū，张开眼。“衡”，眉上。　9.“冻凌”，冰。现在北方俗语仍如此。　10.“小米”“浊醪”，泛指粗贱的食物与饮料。　11.“仿佛”句：极言土房的矮小简陋。“垆”，酒店放酒瓮的垆，用土垒成，四边凸起，一面特高。　12.“厨”，意即烧饭充饥。　13.“裾”，衣襟。　14.“坑”，应作“炕”，北方的暖床称炕。　15.“驱仆夫”，因将密谈，所以使仆人走开。　16.“切问”，殷切地问。　17.“奕世”，累代。　18.“大朝”，指元朝。　19.“亮匪初”，真与以前不同。“亮”，真。　20.“籍”，作动词用，用簿子登记起来。　21.“弓矢徒”，使用弓箭的人，即兵。　22.“典故”句：不懂典故，言缺少历史知识。　23.“礼义”句：不受礼义拘束，言不知礼义。　24.“骨髓余”，入骨髓之外尚有剩余，极言痛之深。　25.“踟蹰”，犹豫，常用以形容无办法。　26.“甦”，音sū，死后复生。　27.“拂袖”句：对神表示不满。房屋的西南角古称为“奥”，是神位所在。诗人对神有斥责意，故向奥拂袖。

虾蟆山[1]

　　春风吹船着牛轭[2]，扶藜直上山之脊[3]。山上老石怪且顽，皮肤皴皵苔花碧[4]。我来不知石有名，拊摩怪状心亦惊；野人指点为我说：此物乃是虾蟆精。古昔曾偷太仓粟[5]，三百余年耗中国；天官烛其阴有毒[6]，勒丁破口劙其足[7]。至今突兀留山邱，雨淋日炙无人收，树根穿尻蛇入肚[8]，老鸦啄背狐粪头。牧童时时放野火，耕夫怒击樵夫剁。自从残堕不能行[9]，见者唾之闻者骂。虾蟆虾蟆非令仆[10]，无功那窃天之禄！如今虾蟆处处有，天官何不夷其族¹¹？致命骄气吹臊腥，干霄上食天眼睛¹²；百虫嗒尽心未已¹³，假作鼓吹怡人情¹⁴。三月江南春水涨，纡青拖紫争跳浪¹⁵；渔父持竿不敢言，猎夫布弩空惆怅。黄童白叟相引悲¹⁶，田中更有科斗儿¹⁷。

1.自注说：山在海口，石状如虾蟆。据古传说，它曾盗窃太仓的粮食，后因天官凿去石口，其祸始消。海口疑即钱塘江入海处。作者借虾蟆故事，谴责害民的官吏。　2.“牛轭”，自注牛轭潬在虾蟆山下。潬，音 tān，又读 dàn，古同“滩”，指高出水面的沙堆。　3.“扶藜”，拄杖。“藜”，草名，茎坚老者可以作杖。　4.“皴皵”，音 cūn què，皮肤裂开，这里形容山石不平滑。　5.“太仓”，京城粮仓。　6.“天官”，天神。“烛”，洞悉。“阴有毒”，暗中为害。　7.“勑丁”，使六丁（神名）。“劙”，音 lí，分割。　8.“树根穿尻”，树根从它的尾尻骨穿过。“尻”，应为“尻”之误，脊骨尽处。“蛇入肚”，蛇钻进石内。　9.“残堕”，如言残废。　10.“令仆”，泛指大官。“令”，如尚书令、中书令。“仆”，如左右仆射。　11.“夷”，平，灭。　12.“干霄”，直达云霄。“干”，犯。“上食天眼睛”，唐卢仝《月蚀》诗：“皇天要识物，日月乃化生；走天汲汲劳四体，与天作眼行光明。”“传闻古老说，蚀月虾蟆精。”卢诗虽不免怪诞，实有所讽刺。王当受卢启示。　13.“百虫”二句：虾蟆吃尽群虫，却狡猾地用鸣声讨人欢喜。“嗒”，“唉”之误，吃。　14.“鼓吹”，南齐孔稚珪门庭内有蛙鸣，他说：“我以此当两部鼓吹。”（参看《南史·孔稚珪传》）　15.“纡青拖紫”，语意双关。用虾蟆的颜色暗指高级官吏绶带的颜色。　16.“黄童白叟”，黄发幼儿，白发老人。　17.“田中”句：用虾蟆的幼虫比喻害民官吏越来越多。

村居[1]（四首选一）

英雄在何处[2]？气概属山家。蚁布出入阵[3]，蜂排早晚衙[4]；野花团部伍[5]，溪村拥旗牙[6]。抱膝长吟罢，天边日又斜。

1.诗在描写景物中隐寓英雄埋没的感慨。　2."英雄"二句：提出诗人对所居周围的景物的领会，幽默中流露牢骚。　3."蚁布"句：蚁斗有行列队伍，因称蚁阵。　4."蜂排"句：排衙是古时长官受全署属吏参谒的仪式；蜂早晚聚集，仿佛官府排衙仪式，因称蜂衙。　5."部伍"，部与伍都是军队编制的名称。　6."旗牙"，大小旗帜。"牙"，牙旗，军前大旗。

白梅[1]（五十八首选一）

冰雪林中著此身，不同桃李混芳尘；忽然一夜清香发[2]，散作乾坤万里春。

1.绝俗而又入世，品高而兼志大，诗是咏梅，也是自白。　2."忽然"二句：在颂美梅花的芬芳中，寄托兼善天下的大志。明宋濂《王冕传》说："尝仿《周礼》著书一卷，坐卧自随，秘不使人观。更深人寂，辄挑灯朗讽，既而抚卷曰：'吾未即死，持此以遇明主，伊吕事业不难致也。'"末句正象征他的"伊吕事业"。

刘时中

刘时中（生卒不详），洪都（今江西南昌）人。事迹无考，大约是个不得志的文人。散曲见《阳春白雪》。

端正好套·上高监司 ¹

〔端正好〕众生灵遭磨障 ²，正值着时岁饥荒；谢恩光拯济皆无恙。编做本词儿唱 ³。

〔滚绣球〕去年时正插秧 ⁴，天反常。那里取及时雨降，旱魃生四野炎伤 ⁵。谷不登 ⁶，麦不长。因此万民失望。一日日物价高张 ⁷，十分料钞加三倒 ⁸，一斗粗粮折四量。煞是凄凉 ⁹。

〔倘秀才〕殷实户欺心不良 ¹⁰，停塌户瞒天不当 ¹¹，吞象心肠歹伎俩 ¹²。谷中添粃屑 ¹³，米内插粗糠 ¹⁴。怎指望他儿孙久长。

〔滚绣球〕甑生尘老弱饥 ¹⁵，米如珠少壮荒。有金银那里每典当 ¹⁶。尽枵腹高卧斜阳 ¹⁷。剥榆树餐，挑野菜尝，吃黄不老胜如熊掌 ¹⁸，蕨根粉以代糇粮 ¹⁹；鹅肠、苦菜连根煮 ²⁰，荻笋、芦蒿带叶噇 ²¹，只留下杞、柳、株、樟。

〔倘秀才〕或是捶麻柘稠调豆浆 ²²，或是煮麦麸稀和细糖 ²³，他每早合掌擎拳谢上苍 ²⁴。一个个黄如经纸 ²⁵，一个个瘦似豾狼，填街卧巷。

〔滚绣球〕偷宰了些阔角牛²⁶，盗斫了些大叶桑，遭时疫无棺活葬，贱卖了些家业田庄。嫡亲儿共女，等闲参与商²⁷；痛分离是何情况！乳哺儿没人要撇入长江。那里取厨中剩饭杯中酒，看了些河里孩儿岸上娘，不由我不哽咽悲伤。

〔倘秀才〕私牙子舡湾外港²⁸，打过河中宵月朗。只发迹了些无徒²⁹，米麸行牙钱加倍解³⁰，卖面处昏钞两般装³¹，早先除了四两³²。

〔滚绣球〕江乡前有义仓³³，积年系税户掌。借贷数补搭得十分停当³⁴，都侵用过将官府行唐³⁵。那近日劝粜到江乡，按户口给月粮。富户都用钱买放³⁶，无实惠尽是虚桩³⁷。充饥画饼诚堪笑³⁸，印信凭由却是谎³⁹，快活了些社长知房⁴⁰。

〔伴读书〕磨灭尽诸豪壮⁴¹，断送了些闲浮浪⁴²，抱子携男扶筇杖⁴³，尪羸伛偻如虾样⁴⁴；一丝好气沿途创⁴⁵，搁泪汪汪。

〔货郎儿〕见饿莩成行街上⁴⁶，乞出拦门斗抢，便财主每也怀金鹄立待其亡⁴⁷。感谢这监司主张，似汲黯开仓⁴⁸。披星戴月热中肠，济与粜亲临发放⁴⁹，见孤孀疾病无饭向⁵⁰，差医煮粥分厢巷⁵¹；更把赃输钱、分例米⁵²，多般儿区处的最优长⁵³。众饥民共仰，似枯木逢春，萌芽再长。

〔叨叨令〕有钱的贩米谷置田庄添生放⁵⁴，无钱的少过活分骨肉无承望⁵⁵；有钱的纳宠妾买人口偏兴旺，无钱的受饥馁填沟壑遭灾障⁵⁶。小民好苦也么哥⁵⁷，小民好苦也么哥，便秋收鬻妻卖子家私丧⁵⁸。

〔三煞〕这相公爱民忧国无偏党[59]，发政施仁有激昂[60]。恤老怜贫，视民如子，起死回生，扶弱摧强。万万人感恩知德，刻骨铭心，恨不得展革垂缰[61]，覆盆之下[62]，同受太阳光。

〔二〕天生社稷真卿相[63]，才称朝廷作栋梁。这相公主见宏深，秉心仁恕，治政公平，莅事慈祥；可与萧曹比并[64]，伊傅齐肩[65]，周召班行[66]；紫泥宣诏[67]，花衬马蹄忙。

〔一〕愿得早居玉笋朝班上[68]，仁看上金瓯姓字香[69]。入阙朝京，攀龙附凤[70]，和鼎调羹[71]，论道兴邦[72]。受用取貂蝉济楚[73]，衮绣峥嵘[74]，珂佩丁当。普天下万民乐业，都知是前任绣衣郎[75]。

〔尾声〕相门出相前人奖[76]，官上加官后代昌。活彼生灵恩不忘，粒我烝民德怎偿[77]！父老儿童细较量，樵叟渔夫曹论讲[78]。共说东湖柳岸旁，那里清幽更舒畅。靠着云卿苏圃场[79]，与徐孺子流芳挹清况[80]。盖一座祠堂人供养，立一统碑碣字数行[81]。将德政因由都载上，使万万代官民见时节想。

1.高监司疑是高纳麟。元文宗天历二年（1329），全国大旱，高纳麟由浙江杭州路总管，调江西廉访使，发粟赈民，全活无算（参看《新元史·高纳麟传》）。曲当即此时作，颂扬高救济洪都灾民。　2."众生"四句：这支曲揭示作品的写作动机。"生灵"，如言生民，老百姓。"磨障"，或作"魔障"，佛家语，这里泛指灾难。　3."词儿"，即词，瓦舍中可歌唱的多称词。　4."去年"十一句：这支曲叙述灾荒的来源与开始时的情况。　5."旱魃"，旱神，相传它到的地方便大旱。"魃"，音bá。　6."登"，成熟。　7."高张"，意即上涨。　8."十分"二句：叙述粮价上涨的情况。"料钞"，元钞的一种，疑指新钞。"加三倒"，疑是加三倍使用。"倒"，倒换，这里有买卖的意思。 9."煞"，甚。 10."殷实"六句：这支曲谴责财主们为富不仁，欺骗饥民。 11."停塌户"，特意屯积粮食的人。 12."吞象心肠"，贪得无厌，今北方俗语仍有"人心没足蛇吞象"。"歹伎俩"，奸滑的坏手段。 13."粃"，音 bǐ，不饱满的谷粒。 14."插"，掺入。 15."甑生"十一句：这支曲从吃的方面叙述饥民的苦况。"甑"，蒸饭用具。 16."每"，在这里不易解，疑为"嗨"之误。嗨是感叹词，元曲中常用。有人以为与"么"字同，也是揣测。 17."枵"，音 xiāo，空。 18."黄不老"，即黄檗，一种落叶乔木，果实球形，小如黄豆，可食。 19."糇"，音 hóu，干粮。 20."鹅肠"，野菜的一种，即蘩缕，属石竹科。"苦菜"，又称荼，嫩苗可食。 21."噇"，音 chuáng，吃，吞咽。"连根煮"，"带叶噇"，都是说连从前不吃的部分现在也吃。 22."或是"六句：这支曲补充前曲，指出吃野菜麦糠的结果。"麻柘"，疑是柘的一种。"稠调豆浆"，疑将豆浆调在捶过的麻柘里，使它显得黏一些。 23."糖"，应是"糠"之误。 24."每"，们。 25."经纸"，疑是痉疢（音 jìngqí）之误。这里泛指疾病，人病则黄，故用作比喻。 26."偷宰"十一句：这支曲写饥民挣扎求生的悲惨情状。 27."参与商"，参星在西方，商星在东方，出入不相见，因以比人与人不和睦或不能见面。 28."私牙"六句：这支曲痛斥人贩子与粮商的欺心。"私牙子"，未得官方许可的牙行或牙郎（北方俗称经纪），牙行与牙郎本是处于买卖者中间的媒介，但多是上下其手，从中取利，私干的为非作歹更甚。"舡"，音 chuán，同"船"。"湾"，停泊。 29."发迹"，意近发达，一般指由贫贱而富贵。"无徒"，无赖。倘秀才的第三句依谱应协韵，本曲此句落韵，如无误，应是变体。 30."牙钱"，牙子应得的手续费。"解"，音 jiè，本有送的意思，这里作给与解。 31."昏钞"，破旧的钞票。至元二十二年（1285），朝廷规定稍破损的一样通用（参看《元史·食货志·钞法》）。"两般装"，买面时如用昏钞，商人装给的面就与用一般钞票的不同。　32．"除"，扣除。"四两"，对一斤（旧制十六两为一斤）而言，即扣去四分之一。　33．"江乡"十一句：这支曲揭露义仓管理人舞弊。"义仓"，地方公有备荒的粮仓。元义仓始于至元六年（1269）。　34．"补搭"，补贴搭配。　35．"行唐"，怠慢。　36．"买放"，买通官吏发放粮食给他们。37．"无实"句：给月粮都是假的，饥民得不到实惠。　38．"充饥画饼"，比喻虚伪的无济于事（参看《三国志·魏志·卢毓传》）。　39．"凭由"，如言凭据。　40．"社长"，元义仓法规定，一社设一仓，由社长主持。"知房"，疑是具体负责仓房的人。　41．"磨灭"六句：这支曲说饥民的生活日益恶化，迫近死亡的边缘。"豪壮"，精壮有力的人。　42．"浮浪"，疑是浮华浪荡的人。　43．"筇杖"，泛指手杖。　44．"尪"，音 wāng，行走歪斜。"羸"，音 léi，瘦弱。"伛偻"，音 yǔlǚ，曲背弯腰。　45．"一丝"句：仅有一点点活力生气，沿路又受到创伤。　46．"见饿"十四句：这支曲说濒死的饥民得到高监司的拯救。"饿莩"，饿死的人。"莩"，音 piǎo。　47．"鹄立"，像鹄那样伸颈跂望地站着。"鹄"，音 hú，天鹅。　48．"汲黯开仓"，汲黯奉汉武帝令到河内视察火灾，他见河内水旱灾情严重，不等皇帝允许，就开仓救济饥民（参看《汉书·汲黯传》）。　49．"济与粜"，救济和出售。　50．"无皈向"，无所归依。"皈"，音 guī。　51．"厢巷"，指城外与城内。"厢"，近城的地方。　52．"赃输钱"，疑是对贪污者的罚款。"分例米"，疑是正额税粮以外，附加征收的税粮（参看《元史·食货志·税粮》）。　53．"多般儿区处"，用多样的方式分别处理。　54．"有钱"七句：这支曲用对比的写法突出饥民的悲惨遭遇和富人的贪婪残酷。"生放"，放债。　55．"过活"，指生活所需的资料。"承望"，希望，料想，这里用前者。　56．"灾障"，如言灾难。　57．"也么哥"，叨叨令这个曲调照例有这三个字，而且是叠句，本身无意义。　58．"丧"，音 sàng，失掉。　59．"这相"十一句：这支曲是颂扬的开始，写高如何关怀人民与人民的感激。"无偏党"，公正无私。《尚书·洪范》有"无偏无党""无党无偏"。　60．"有激昂"，即充满热情。　61．"展革垂缰"，前秦苻坚遭慕容垂袭击，骑马奔避，误落涧底。马从涧边垂缰入涧，苻坚援缰登岸，乘马疾行，遂脱险（参看《异苑》）。 62."覆盆"，比喻最黑暗的地方。《抱朴子·辨问》："日月有所不照，圣人有所不知，岂可以圣人所不为，便云天下无仙，是责三光不照覆盆之内也。" 63."天生"十一句：这支曲赞美高的政治才能。 64."萧曹"，萧何与曹参，均为汉代名相。 65."伊傅"，伊尹与傅说（音 yuè），均为商代名相。 66."周召"，周公与召公，均为周代名相。 67."紫泥"二句：是说高将被召还朝。"紫泥"，指印泥。古时用泥封书札文件，印盖在泥上；尊贵的人用紫泥。"宣"，传达皇帝命令。 68."愿早"十一句：这支曲祝高入朝为宰辅，享受尊荣。"玉笋朝班"，最杰出的班行称玉笋班。 69."金瓯姓字香"，意思是高的姓名业绩将要刻在鼎彝等铜器上，流芳后世。 70."攀龙附凤"，辅佐帝王，建立功业（参看《后汉书·光武帝纪》）。 71."和鼎调羹"，殷高宗尊用傅说，和傅说："若作和羹，尔惟盐梅"（参看《尚书·说命》）。作羹须用器烹煮，故涉及鼎。 72."论道"，考虑、讨论国家大事（参看《尚书·周官》）。 73."貂蝉"，汉代高级官吏的冠饰（参看《后汉书·舆服志》）。 74."衮绣"，衮衣绣裳（参看《诗经·九罭》），衮衣是画龙衣，与绣裳均为有爵位者的礼服。 75."绣衣郎"，穿绣衣的郎官。汉代有绣衣直指，职务是"出讨奸猾，治大狱"。监司是肃政廉访使，职务与绣衣直指相类。 76."相门"十四句：这支曲颂祷高的后裔必定荣贵昌盛，并言群众将为他建立生祠，永远纪念。 77."粒我烝民"，指高救灾。"粒"，粒食，这里作动词用。"我烝民"，我们众民。《尚书·益稷》有"烝民乃粒"。 78."曹论讲"，共同讨论。"曹"，群，《国语·周语下》有"民所曹好"。 79."云卿苏"，宋苏云卿。南宋初，他客居豫章（今江西南昌）东湖，邻人敬爱，称为苏翁。 80."徐孺子"，汉徐稺（音 zhì）。他是豫章的高士，恭俭义让，自耕稼，累举不就。"清"，疑是"情"之误。 81."一统"，疑如一系列。

失　名

红绣鞋·失题

　　孤雁叫教人怎睡，一声声叫的孤□[1]，向月明中和影一双飞。你云中声嘹亮，我枕上泪双垂，雁儿我你争个甚的[2]！

1.“孤□”，疑当为“孤凄”。　　2.“争个甚的”，不差什么。

水仙子·失题[1]

　　打着面皂雕旗招飐，忽地转过山坡，见一火番官唱凯歌[2]。呀来呀来呀来呀来齐声和[3]。虎皮包马上驼，当先里亚子哥哥[4]。番鼓儿劈飙扑桶擂[5]，火不思必留不剌扑[6]，簇捧着个带酒沙陀[7]。

1.曲以当时“番官”的生活片段为素材，讽刺他们的骄纵。明写后唐庄宗，实暗指时人。　　2.“一火”，一伙。　　3.“呀来”，形容歌声。　　4.“亚子”，后唐庄宗小字亚子。　　5.“劈飙扑桶”，形容擂鼓。　　6.“火不思”，乐器名，又称浑不似，形近琵琶。“必留不剌扑”，扑与弹同，是演奏火不思的动作，前四字形容这种动作。　　7.“沙陀”，部族名，为西突厥别部。庄宗即沙陀人。

奉使来谣[1]

奉使来时，惊天动地；奉使去时，乌天黑地。官吏都欢天喜地，百姓却啼天哭地。

1. 至正五年（1345），元顺帝派遣官吏宣抚诸道，慰问人民疾苦；但使官扰民，百姓怨恨，遂作此谣。

至正丙申松江民谣[1]

满城都是火，府官四散躲；城里无一人，红军府上坐。

1. 至正十六年（1356），张士诚义军陷常州。松江为防卫计，印造官号，给吏、兵佩戴。官号上画圆圈，绕圈皆是火焰形的图案；圈中有府字，上盖府印；圈外四角，府官花押。人民倾向"红军"，希望元兵溃败，遂有此谣。

明 代

刘 基

刘基（1311—1375），字伯温，处州青田（今属浙江文成）人。元末中进士，任江浙行省儒学副提举、浙东元帅府都事等职，因遭排挤去官。后为明太祖招致，协助平定天下，为明朝开国功臣，封诚意伯。他是元末明初的著名诗人。诗朴质雄健。古体诗近韩愈。时政民瘼，常是他歌咏的题材。有《诚意伯刘文成公文集》。

田 家[1]

田家无所求，所求在衣食；丈夫事耕稼，妇女攻纺绩，侵晨荷锄出，暮夜不遑息[2]。饱暖匪天降，赖尔筋与力。租税所从来，官府宜爱惜。如何恣刻剥[3]，渗漉尽涓滴[4]。怪当休明时[5]，狼藉多盗贼。岂无仁义矛[6]，可以弭锋镝[7]。安得廉循吏，与国共欣戚[8]，清心罢苞苴[9]，养民瘳国脉[10]。

1.诗约作于元顺帝至正十五年（1355）左右，时刘基因方国珍事，被羁管绍兴。元末农民大起义，诗指出矛盾爆发的原因，并提出缓和矛盾的措施。　2.“不遑息”，无暇休息。　3.“刻剥”，削减，这里意如剥削。　4.“渗漉”句：是说剥削的残酷像水经过渗漉，点滴不留。“漉”，音lù。“涓滴”，水点。　5.“休明时”，政治清明的时代。　6.“岂无”二句：是说制止贪污、减轻赋税，可以平息农民起义。“仁义矛”，以仁义为武器。　7.“弭锋镝”，平息战争。　8.“戚”，忧。　9.“苞苴”，指贿赂。“苴”，音jū。　10.“瘳国脉”，使国家安定。“瘳”，音chōu，病愈。

题群龙图 [1]

世间万类皆可睹[2]，茫昧独有鬼与龙[3]。此图画龙二十四，状貌诡谲各不同[4]。得非物产有异种[5]，或曰神变无常踪。

一龙捷尾欲上木[6]，足爪犹在薝芦中[7]。一龙出穴饮涧底，头上飞瀑泻白虹。前有一龙已在云，顾视厥子扬双瞳[8]；浪波鱼鳞沓窿罐[9]，日车块扎天无风[10]。中庭两龙忽相逢，须眉葩髯如老翁[11]，便欲角抵争雌雄[12]。西望积石接崆峒[13]，白龙擘石窥流潨[14]，河伯远遁虚其宫[15]。屈蟠睡者何龙钟[16]，老物用亢时当终[17]。峡外六龙狞以凶，矜牙舞爪起战攻，咬鳞嚼甲含剑锋，陷胸折尾波血红，之死弗悟人谁恫[18]！一龙引肮将欲从[19]，回环睢盯未敢通[20]。最后一龙藏于垤[21]，睥睨胜败非愚蒙[22]，无乃有意收全功[23]？云中弄珠劳尔躬[24]，不如卧沙之从容。龙子学飞力未充[25]，母在下视心憧憧[26]。何物一角额准隆[27]，魆然出洞若蛇虫[28]，有龙接之自巃崷²⁹，恐是巩冗王鲔公³⁰，皮骨始蜕形犹蒙³¹。两龙归来倦不翀³²，痴龙攀石身已癃³³。蚴蚪偃蹇欻胜冲³⁴，蝘蟺攫跃鬐发茸³⁵，呿呀奔挐曲如弓³⁶，百态并作何纷庞³⁷，是耶非耶孰能穷？

画师昔有僧繇工³⁸，能令真龙下虚空。安得伶伦截竹筒³⁹？吹之呼龙出石谼⁴⁰，使我一见开昏瞢⁴¹。

1.诗写群龙形态，但也暗寓讽刺；作者身经元末社会剧变，当是有感而作。　2.这段概述图的内容。　3."茫昧"，虚幻难知。　4."诡谲"，奇异。　5."得非"句：莫不是龙有异种？　6.这段详述众龙的不同姿态。"捷尾"，翘尾。"捷"，音 qián，举。7."蟠沄"，音 yūnyún，漩涡。8."厥"，其。　9."浪波"句：是说浪多鱼众，聚合起来如山如谷。"沓"，音 tà，多，合。"谾谾"，音 hōnglóng，形容深山大谷。　10."日车"句：意思是，在辽阔无风的天空有为太阳驾车的龙。"日车"，古神话说，太阳坐着龙驾的车子。"坱圠"，音 yǎngyà，无边际。　11."须"，鬚。"葩鬖"，形容须眉多而乱。"鬖"，音 shā。　12."角抵"，本是古代角力的技艺，这里借指龙的相扑。　13."积石"，山名，在今青海。"崆峒"，山名，在今甘肃。　14."白龙"句：山洞白龙擘开岩石，下窥众水交汇的黄河。"潨"，音 cóng，水汇合处。　15."河伯远遁"，黄河的水神畏龙远逃。"宫"，河伯的宫室。　16."龙钟"，衰惫潦倒。　17."老物"句：意思是，老龙骄强用事，此时也应告终。《周易》乾卦上九爻辞有"亢龙有悔"，刘诗本此。　18."之死"，至死，《诗经·柏舟》有"之死矢靡它"。"恫"，痛。　19."引肮"，如言引颈。"肮"，音 háng，同"吭"，咽喉。　20."睢盱"，音 suīxū，张目仰视。"通"，到。　21."控"，音 kōng，窀，这里泛指窟穴。　22."愚蒙"，愚昧无知。　23."无乃"句：恐怕是打算坐享渔人之利。　24."云中"二句：控中龙对云中龙的看法。"尔"，指空中为夺珠而相斗的龙。　25."力未充"，力尚不足。　26."憧憧"，形容心不安。

"幢"，音 chōng。　27."准"，鼻。"隆"，高。　28."觩然"，弯曲而有力。"觩"，音 qiú，形容角的弯曲，或弓的有力，这里二者兼用。　29."巃嵷"，音 lóngsǒng，形容山的高峻，这里指高山。　30."巩冗王鲔公"，相传河南巩义周武山下有穴通江；穴有黄鱼，春则赴龙门，故名鲔岫（参看《类篇》）。"冗"，应是"穴"之误。"王鲔"，大鲔。"鲔"，音 wěi，鲟、鳇的古称。　31."蜕"，虫类脱皮。"蒙"，稚小。　32."翀"，音 chōng，向上直飞。　33."痴龙"，居洞穴中，形似大羊，髯有珠（参看《北梦琐言》）。"癃"，音 lóng，衰老病弱。　34."蚴蚪"，应作"蚴虯"，音 yōujiū，形容龙的弯曲。"偃蹇"，低昂。"欻"，音 xū，忽然。　35."蜿蟺"，音 wǎnshàn，曲折宛转。"鬐发"，龙脊上的毛。"鬐"，音 qí。"茸"，细柔的毛。　36."呿呀"，音 qūyā，形容张口。"奔拏"，奔腾牵抓。　37."纷庞"，纷纭庞杂。　38.这段从愿见真龙中，暗示阅人虽多，但尚未见到真英雄。"僧繇"，梁张僧繇，善画人物与龙。梁武帝建佛寺，皆令他画壁。相传，他在安东寺画龙而不点睛，因为怕龙"破壁飞去"（参看《历代名画记》卷七）。　39."伶伦"，黄帝时乐师。相传他截嶰谷竹，制十二筒，以定律吕（参看《吕氏春秋·古乐》）。　40."吹之"句：相传笛声能引龙来（参看《国史补·李舟著笛记》《太平广记·江叟》）。"谼"，音 hóng，大壑。　41."开昏瞢"，开眼界。"瞢"，音 méng，目不明。

高　启

　　高启（1336—1374），字季迪。长洲（今江苏苏州）人。元末隐居不仕。洪武初，召修《元史》，授翰林院国史编修。擢户部右侍郎，辞官归。终因不愿与统治者合作被杀。他的诗高华俊逸，接近盛唐人，受李白的影响颇明显；但因多所仿效，遂少独创的风格。有《高太史大全集》。

牧牛词 [1]

尔牛角弯环 [2]，我牛尾秃速 [3]，共拈短笛与长鞭，南陇东冈去相逐。日斜草远牛行迟，牛劳牛饥唯我知；牛上唱歌牛下坐，夜归还向牛边卧。长年牧牛百不忧 [4]，但恐输租卖我牛。

1.诗写牧童的天真活泼、共同牧放生活中的喜悦，与对牛的深厚感情，更从怕卖牛输租上，反映出剥削的残酷。　2."尔""我"，牧童间彼此相称。"弯环"，弯曲。　3."秃速"，毛短而稀。　4."长年"，如言整年。

明皇秉烛夜游图 [1]

花萼楼头日初堕 [2]，紫衣催上宫门锁 [3]；大家今夕燕西园 [4]，高爇银盘百枝火 [5]。海棠欲睡不得成 [6]，红妆照见殊分明；满庭紫焰作春雾，不知有月空中行。新谱《霓裳》试初按 [7]，内使频呼烧烛换；知更宫女报铜签 [8]，歌舞休催夜方半。共言醉饮终此宵，明日且免群臣朝；只愁风露渐欲冷，妃子衣薄愁成娇 [9]。琵

琶羯鼓相追续 [10]，白日君心欢不足；此时何暇化光明 [11]，去照逃亡小家屋。姑苏台上长夜歌 [12]，江都宫里飞萤多 [13]；一般行乐未知极，烽火忽至将如何？可怜蜀道归来客 [14]，南内凄凉头尽白 [15]；孤灯不照返魂人 [16]，梧桐夜雨秋萧瑟 [17]。

1. 明皇是唐玄宗。诗借图作讽，指出帝王骄淫，必致危亡。 2. "花萼楼"，唐玄宗于兴庆宫西南置花萼楼。闻诸王作乐必登楼，召他们来同榻坐（参看《旧唐书·让皇帝李宪传》）。 3. "紫衣"，指宦官。开元、天宝时，宦官中，衣朱紫者千余人（参看《新唐书·宦者传序》）。 4. "大家"，古时亲近侍从官吏称天子为大家。 5. "爇"，音 ruò，烧。 6. "海棠"，指杨妃。明皇在沉香亭，召见杨妃。杨妃酒未醒，侍女将她扶来。她钗横鬓乱，不能拜。明皇笑着说："海棠春睡未足耶？"（参看《太真外传》） 7. 《霓裳》，指《霓裳羽衣曲》。 8. "知更"，负责管更漏、报时间的人。"铜签"，铜铸的报更的签。《陈书·世祖纪》说：负责报夜间时辰的人总是将铜签送到殿中，世祖却令把签投在阶石上，为的是石铜相触的声音可以惊醒他。 9. "愁成娇"，怕杨妃受凉成病。美人畏寒的姿态也是娇美的，故言成娇。 10. "羯鼓"，出自羯族的鼓，又称两仗鼓。"相追续"，两种音乐交互地演奏。 11. "此时"二句：聂夷中《伤田家》有"我愿君王心，化作光明烛；不照绮罗筵，只照逃亡屋"。高反用聂诗，言明皇溺于声色，不管人民痛苦。 12. "姑苏"句：泛言吴王夫差宠幸西施，恣意淫乐。姑苏台，在苏州城外姑苏山上，夫差所造。 13. "江都"句：用隋炀帝事。江都宫在隋江都郡江阳县（参看《隋书·地理志》），江阳即今江苏扬州。"飞萤多"，炀帝曾征萤火数斛，"夜出游山放之，光遍岩谷"（《隋书·炀帝纪》）。就史书的记载言，放萤并不始于江都，但今江都古迹有隋萤苑，唐李商隐《隋宫》已有"于今腐草无萤火"，可证炀帝在江都也曾放萤，高诗应本此。 14. "蜀道归来客"，指明皇。安史乱起，明皇奔蜀，乱平，方还长安。　15.“南内”，即兴庆宫，因在“东内”（蓬莱宫）之南，故有此称。　16.“孤灯”句：用杜甫《哀江头》中“明眸皓齿今何在，血污游魂归不得”，与白居易《长恨歌》中“悠悠生死别经年，魂魄不曾来入梦”句意。“返魂人”，指杨妃。　17.“梧桐”句：用白居易《长恨歌》中“秋雨梧桐叶落时”句意。

于　谦

　　于谦（1398—1457），字廷益，钱塘（今浙江杭州）人。明成祖永乐进士。任河南、山西巡抚，为民兴利除弊。瓦剌内侵，虏英宗，他沉着应变，率京师军队及民众击退敌人，升任兵部尚书；后英宗复辟，他被诬杀。他的诗朴质刚劲，忧国忧民为其主要内容，言志、抒情，以至吟咏风物，往往反映他的坚定意志与乐观精神。有《于忠肃公集》。

石灰吟 [1]

　　千锤万击出深山，烈火焚烧若等闲。粉骨碎身全不惜，要留清白在人间。

1.诗人以石灰自喻，表达"宁为玉碎，不为瓦全"的志气。

除夜太原寒甚 [1]

寄语天涯客，轻寒底用愁 [2]；春风来不远，只在屋东头。

1.诗体现作者在困难中的乐观精神，当作于为山西巡抚时。　2."底用"，何用。

北风吹 [1]

北风吹，吹我庭前柏树枝。树坚不怕风吹动，节操棱棱还自持 [2]，冰霜历尽心不移。况复阳和景渐宜 [3]，闲花野草尚葳蕤 [4]，风吹柏树将何为？北风吹，能几时！

1.诗颂柏树，实以自励。北风喻恶势力。　2."棱棱"，形容节操的严峻。　3."况复"句：况已冬尽春来，景色宜人。"阳和"，阳春和气，即春天的温暖。　4."葳蕤"，形容茂盛。

文徵明

文徵明（1470—1559），字徵仲，长洲（今江苏苏州）人。以贡生为翰林院待诏，工书善画，诗以娟秀见称，但伤纤弱。词与诗近，偶有雄肆者。有《甫田集》。

满江红 [1]

拂拭残碑，敕飞字、倚稀堪读 [2]。慨当初、倚飞何重 [3]，后来何酷 [4]。岂是功高身合死，可怜事去言难赎 [5]。最无端、堪恨又堪悲，风波狱 [6]。　　岂不念，疆圻蹙 [7]；岂不念，徽钦辱 [8]。念徽钦既返，此身何属 [9]。千载休谈南渡错，当时自怕中原复，笑区区、一桧亦何能 [10]，逢其欲。

1.《听秋声馆词话》载此词，以为是文徵明"题宋高宗赐岳武穆手诏石刻"之作。词指出岳飞冤死，咎在宋高宗。高宗为贪恋帝位，力主和议，故杀岳飞。　2."敕飞字"，石上刻的宋高宗信托岳飞时的诏书（参看岳珂《金佗稡编》卷一、二）。"敕"，音chì，皇帝所下诏令的一种，宋代用于奖谕。这里作动词用。　3."倚飞"，如高宗绍兴四年（1134）十一月，援淮西二诏："卿有忧国忧君之心，可即日引道，兼程前来。朕非卿到，终不安心。""卿义勇之气，震怒无前……既见可乘之机，即为捣虚之计。" 4."何酷",岳飞被诬下狱,备受拷掠,终以"莫须有"的罪名被害。 5."可怜"句:是说事过境迁之后,高宗信托岳飞的诏书,不能抵当岳飞被诬冤死。 6."风波狱",绍兴十一年(1141),秦桧杀岳飞父子于临安大理寺的风波亭。 7."疆圻墾",疆土日益缩小。"圻",音 yín,同"垠",界。 8."徽钦辱",钦宗靖康二年(1127),金虏徽、钦二帝北去。 9."念徽"二句:徽、钦若南归,高宗的帝位便难保。"何属",无处安置。 10."笑区"二句:意思是秦桧无力杀岳飞,他只是迎合高宗的心意。

王　磐

王磐(约1470—1530),字鸿渐,高邮(今江苏高邮)人。他是个富家子,但不喜豪华,厌弃科举;好读书,精通琴、棋、诗、画。在当时声名很高,却一生未做官。他的散曲以清俊秀美见长,时带幽默,在抒写幽闲的生活情趣外,也有讽刺现实的篇章。有《王西楼乐府》。

朝天子·咏喇叭 [1]

喇叭,锁哪 [2],曲儿小腔儿大 [3]。官船来往乱如麻,全仗你抬声价。军听了军愁，民听了民怕，哪里去辨什么真共假？眼见的吹翻了这家，吹伤了那家，只吹的水尽鹅飞罢[4]。

1. 曲作于明武宗正德年间（1506—1521），讽刺宦官妄作威福，骚扰民间。　2.“锁哪”，即唢呐，木管铜口的簧管乐器，喇叭即由此改造而成。　3.“曲儿”句：意思是，喇叭、锁哪所吹奏的音乐旋律虽然简单，但它的音量声响却很大。　4.“水尽鹅飞”，大家都倾家荡产。“罢”，完，尽。

清江引·清明日出游

问西楼禁烟何处好[1]？绿野晴天道。马穿杨柳嘶，人倚秋千笑，探莺花总教春醉倒。

1.“禁烟”，即禁火。相传春秋时，晋文公因纪念介之推焚死，每年于其死日禁火，后遂为寒食节。寒食在清明前一日（一说清明前二日），所以这里转指清明。

朝天子·瓶杏为鼠所啮

斜插，杏花，当一幅横披画[1]。毛诗中谁道“鼠无牙”[2]，却怎生咬倒了金瓶架？水流向床头，春拖在墙下，这情理宁甘罢[3]！那里去告他？何处去告他？也只索细数着猫儿骂[4]。

1. "横披画"，横幅画，轴在两端。　2. "鼠无牙"，《诗经·召南·行露》有 "谁谓鼠无牙"。　3."宁"，岂。"甘罢"，甘愿罢休。　4."索"，须。"数"，数落。

一枝花套·久雪 [1]

〔一枝花〕乱飘来燕塞边 [2]，密洒向程门外 [3]，恰飞还梁苑去 [4]，又舞过灞桥来 [5]。攘攘皑皑 [6]，颠倒把乾坤碍，分明将造化埋 [7]，荡磨的红日无光，逼逼的青山失色 [8]。

〔梁州〕冻的个寒江上鱼沉雁杳 [9]，饿的个空林中虎啸猿哀。不成祥瑞翻成害 [10]。侵伤陇麦，压损庭槐，眩昏柳眼 [11]，勒绽梅腮 [12]。遮蔽了锦重重禁阙宫阶，填塞了绿沉沉舞榭歌台。把一个正直的韩退之拥住在蓝关 [13]，将一个忠节的苏子卿埋藏在北海 [14]，把一个廉洁的袁邵公饿倒在书斋 [15]。哀哉！苦哉！长安贫者愁无奈。猛惊猜，忒奇怪，这的是天上飞来的冷祸胎，遍地下生灾。

〔尾声〕有一日赫威威太阳真火当头晒 [16]，有一日暖拍拍和气春风滚地来，就有千万座冰山一时坏 [17]。扫彤云四开 [18]，现青天一块，依旧晴光瑞烟霭 [19]。

1.曲以雪为喻，揭露当时恶势力的毒害，希望而且相信它不能久长。　2. "乱飘"九句：这支曲写雪的猖狂跋扈。"燕塞"，古代燕国在中国北部，后因称北方边地为燕塞。　3. "程门"，宋游酢与杨时初见程颐，程正瞑目默坐，他们就在旁侍立。等程颐觉得的时候，门外的雪已深一尺。 　4.“梁苑”，汉梁孝王的园囿。宋谢惠连《雪赋》假托梁孝王游兔园遇雪，令司马相如作赋。 　5.“灞桥”，在今陕西西安东，灞水上。 　6.“攘攘”，形容纷乱。“皑皑”，音 áiái，形容洁白。 　7.“造化”，指自然界。 　8.“隈逼”，威逼。“隈”，疑当作“畏”，有威意。 　9.“冻的”十九句：这支曲铺叙雪的恶影响。 　10.“祥瑞”，雪是丰年的预兆，故被视为祥瑞。 　11.“柳眼”，刚展开的柳叶芽。 　12.“梅腮”，梅花瓣。 　13.“把一”句：唐韩愈因谏宪宗迎佛骨，贬官潮州，途中所作诗《左迁至蓝关示侄孙湘》有“雪拥蓝关马不前”句。“蓝关”，在陕西蓝田东南。 　14.“将一”句：汉苏武出使匈奴，单于胁降，将他关在大窖里，不给饮食。天雨雪，他以雪和旃毛充饥。后又迫使他到北海牧羊。王曲合用二事。“北海”，为匈奴北界，今俄罗斯贝加尔湖。 　15.“把一”句：汉袁安字邵公，家贫；逢大雪，人多外出乞食，他不愿求人，独闭门僵卧。 　16.“有一”六句：这支曲说，雪不能持久，日出便消。“赫”，形容火红。 　17.“冰山”，在这里是双关语，隐喻难以长久的恶势力。 　18.“彤云”，阴云。 　19.“霭”，在这里与霭霭同，形容云气的聚合。

李梦阳

李梦阳（1473—1530），字献吉，号空同子，庆阳（今甘肃庆阳）人。举进士后，任户部主事；中因忤权阉刘瑾，几死；后官至江西提学副使。他首倡复古，主张“文必秦汉，诗必盛唐”。因力主摹拟，故诗多蹈袭前人；但在有关国事与人民疾苦的作品中，也还有深刻雄健的篇章。有《空同集》。

石将军战场歌 [1]

清风店南逢父老 [2]，告我己巳年间事 [3]；店北犹存古战场，遗镞尚带勤王字 [4]。忆昔蒙尘实惨怛 [5]，反覆势如风雨至；紫荆关头昼吹角 [6]，杀气军声满幽朔 [7]。胡儿饮马彰义门 [8]，烽火夜照燕山云 [9]；内有于尚书 [10]，外有石将军。石家官军若雷电，天清野旷来酣战；朝廷既失紫荆关，吾民岂保清风店。牵爷负子无处逃，哭声震天风怒号；儿女床头伏鼓角 [11]，野人屋上看旌旄。将军此时挺戈出，杀敌不异草与蒿；追北归来血洗刀，白日不动苍天高。万里烟尘一剑扫，父子英雄古来少 [12]；单于痛哭倒马关 [13]，羯奴半死飞狐道 [14]。处处欢声噪鼓旗，家家牛酒犒王师；应追汉室嫖姚将 [15]，还忆唐家郭子仪。沉吟此事六十春 [16]，此地经过泪满巾；黄云落日古骨白，沙砾惨淡愁行人。行人来折战场柳，下马坐望居庸口 [17]。却忆千官迎驾初 [18]，千乘万骑下皇都；乾坤得见中兴主，杀伐重闻载造图 [19]。姓名应勒云台上 [20]，如此战功天下无！呜呼战功今已无，安得再生此辈西备胡 [21]。

1. 石将军是石亨。明英宗正统十四年（1449）瓦剌南侵，土木之役俘英宗，后更挟他攻北京。在于谦的指挥下，石亨率陶瑾等击退敌兵，北京得全。诗作于武宗正德初（1509）左右，于颂美石亨的战功外，并希望当时能有这样的人物保国御侮。　2."清风店"，在今河北定州北三十里。正统十四年，石亨在此击溃自北京败退的瓦剌。　3."己巳"，明正统十四年。　4."勤王"，春秋时，诸侯兴兵帮助周王平定变乱为勤王；后世地方官吏以兵保卫京师，亦有此称。瓦剌虏英宗后，于谦建议檄河南、山东等地兵赴京，故李诗有此语。　5."蒙尘"，皇帝出奔，指英宗被俘。"惨怛"，伤痛。"怛"，音dá。　6."紫荆关"，在今河北易县西紫荆岭上。　7."幽朔"，幽州、朔方，这里指今河北、山西北部。　8."彰义门"，北京城门之一。瓦剌攻北京，曾逼近彰义门。　9."燕山"，在今天津市蓟州区东南，延袤数百里。　10."于尚书"，于谦，时为兵部尚书。　11."床头伏鼓角"，鼓角声使他们伏在床头，极言其恐惧。　12."父子英雄"，石亨之子事不详，疑指其侄石彪，彪以战功封定远侯。曾追击进攻北京的瓦剌兵。　13."单于"句：别本此句上有"天生李晟为社稷，周之方叔今元老"二句，因与下文"应追汉室嫖姚将"二句重复，故不从。"倒马关"，即常山关，在今河北唐县西北。　14."羯奴"，指败退的瓦剌兵。"飞狐道"，又名飞狐关，在今河北涞源北，跨蔚县界；两崖壁立，一线微通，约百余里。　15."应追"二句：是说石亨抵御外侮可比汉代的霍去病，但他因骄奢专横，终死于狱中，这就令人想起以战功封王，又以名臣终老的唐郭子仪。"嫖姚将"，霍去病曾为嫖姚校尉。　16."六十春"，六十年。　17."居庸口"，居庸关在今北京昌平西北，元于此立南北口。　18."却忆"句：指遣使瓦剌，迎英宗回京。　19."杀伐"句：亦作"日月重开再造图"。以下三句亦有异文，不具引。"载造图"，再造的打算。　20."云台"，汉台名，汉明帝追念前世功臣，画邓禹等二十八将于台上（参看《后汉书·二十八将传论》）。　21."胡"，疑指鞑靼扰边（参看《明史·鞑靼传》）。

何景明

何景明（1483—1521），字仲默，号白坡，又号大复山人，信阳（今河南信阳）人。明孝宗弘治进士，官至陕西提学副使；居官廉介，敢直论时政，曾因愤宦官刘瑾弄权辞官。他与李梦阳等倡导复古，但反对机械的摹拟，故诗中尚多清新可读的作品。有《何大复先生集》。

侠客行[1]

朝入主人门，暮入主人门，思杀主仇谢主恩。主人张镫夜开宴，千金为寿百金饯[2]。秋堂露下月出高，起视厩中有骏马，匣中有宝刀。拔刀跃马门前路，投主黄金去不顾[3]。

1. "侠客行"是乐府旧题。诗颂美侠客重视义气、不受赠金的品格。 2. "寿"，以金帛赠人。"饯"，送侠客去杀仇人。 3. "投主"句：写侠客坚决拒绝主人的赠金。

鲥 鱼 [1]

五月鲥鱼已至燕 [2]，荔枝卢橘未应先 [3]；赐鲜遍及中珰第 [4]，荐熟谁开寝庙筵 [5]。白日风尘驰驿骑 [6]，炎天冰雪护江船 [7]。银鳞细骨堪怜汝 [8]，玉箸金盘敢望传 [9]。

1."鲥鱼"，江南名产之一，味鲜美，五、六月间最多。诗借此暗讽当时皇帝宠任宦官。 2."燕"，燕京，明京都。 3."荔枝"句：以荔枝、卢橘等名果衬托鲥鱼的名贵。"卢橘"，金橘，产川粤。"未应先"，不应超过。 4."赐鲜"，赏赐时鲜给朝臣。"中珰"，宦官。汉代宦者称中人、中官，以貂、珰为其冠饰。"第"，府第。 5."荐熟"，如言荐新。五谷初熟，或果物新出，取以献祭。如《礼记·月令》："仲夏之月，天子以含桃荐寝庙。""寝庙"，古代国君的祖庙分庙与寝，庙在前，寝在后。"筵"，筵席。 6."白日"两句：写进贡鲥鱼的艰难。"风尘驰驿骑"，驿站的马奔走风尘中。 7."冰雪护江船"，怕鱼不新鲜，故用冰雪保护。 8."银鳞"两句：意思是虽爱鲥鱼鲜美，但不敢希望分赐。 9."箸"，同"箸"，筷子。"传"，传赐。

陈　铎

陈铎（约 1454—1507），字大声，下邳（今江苏睢宁）人。他世袭指挥，但不问政事，而精研音律，致力词曲，被当时教坊子弟称为"乐王"。在他的散曲集中，《滑稽余韵》最富于社会意义。它以同情的态度描述城市下层人民的生活，而讽刺统治阶级与种种社会渣滓；语言与表现技巧均有民歌风。有《陈大声乐府全集》。

满庭芳·巫师

形骸太蠢[1]：手敲破鼓，口降邪神[2]；福鸡净酒嗯一顿[3]，努嘴胖唇[4]。才说是丁三舍人[5]，又赖做杨四将军。一个个该拿问[6]，依着律审允[7]，不绞斩也充军。

1. "形骸"，形貌。 2. "口降"句：念诵咒语，请神降临。 3. "福鸡"，供神的鸡。祀神的牲物通称福物，故鸡有此称。"净酒"，如言清酒，供神的酒。"嗯"，音sāi，或作"噻"，像填塞一样地吃喝。 4. "努嘴"句：形容口部的丑态。 5. "才说"二句：是说巫师乱讲，一会儿假托这个神，一会儿假托那个神。"舍人"，官名。 6. "一个个"，指巫师。 7. "依着"句：按照法律审问确实。

醉太平·挑担

麻绳是知己，匾担是相识，一年三百六十回，不曾闲一日。担头上讨了些儿利[1]，酒房中买了一场醉。肩头上去了几层皮，常少柴没米。

1. "讨"，索取。

冯惟敏

冯惟敏（1511—1578），字汝行，号海浮，青州临朐（今山东临朐）人。明世宗嘉靖时中举，曾任涞水知县、镇江教授等官；因为耿直疾恶，不肯逢迎，最后辞官归家。这种愤懑不平，主要表现在他的散曲里。深刻地揭露当时的阶级矛盾，同情农民的痛苦，遂成为其作品的重要内容，而豪迈风格与朴素新颖的语言则是作品的艺术特点。有《海浮山堂词稿》。

耍孩儿套·骷髅诉冤[1]

〔耍孩儿〕饶君使尽英雄汉[2]，免不得轮回一转[3]。虽然跳不出死生关[4]，也省了些离合悲欢。三魂早上泉台路[5]，七魄先归蒿里山[6]，深埋远葬尘缘断[7]。自古道盖棺事定[8]，入土为安[9]。

〔九煞〕猛听的一片声[10]，扑冬冬振地喧，钢锹铁镢团团转。又不是山冲水破重迁葬，又不是吉日良辰再启攒[11]，原来是官差一伙乔公干[12]，霎时间黄泉晒底，白骨掀天。

〔八煞〕雠徒惯放刁[13]，赃官莽要钱[14]，铺谋定计歪厮战[15]。非干人命伸冤枉[16]，只要身尸作证间[17]。山东六府都跑遍[18]，少可有一千家发冢[19]，八百处开棺。

〔七煞〕又不曾争一言[20]，又不曾交一拳，又不曾本家亲属来陈辩。子孙祭扫三两辈，桑梓栽培数十年[21]。没来由到处差官勘，耳边厢神号鬼哭，眼见的地覆天翻。

〔六煞〕今日王家庄[22]，明日李家园，南来北往迎知县。坑中满把干柴炕[23]，锅内忙将滚水煎。亡灵何苦遭烹炼，粉身碎骨，沥胆披肝。

〔五煞〕无伤要有伤[24]，非冤却报冤，富家郎免不的遭刑宪。这的是不见死尸不下泪，要了官司要使钱[25]。清平世界登时变，说甚么昭昭白日，湛湛青天。

〔四煞〕常言道：钱出急家门[26]，财与命相连。将钱买命非轻贱。王员外过付银一万[27]，李大舍交收金一千。招详改拟销前件[28]，执法司倒做了枉法，《洗冤录》却做了衔冤[29]。

〔三煞〕千家坟做了七宝山[30]，一张状强如骗海船[31]，金银财宝齐兴贩。每日价广搜故纸追赃杖[32]，到晚来独对孤灯打算盘。开了门偷晴看，抱状的是招财童子，访事的是利市仙官[33]。

〔二煞〕生民有处逃[34]，死尸无处钻，阳人反把阴人陷。谁家冤孽将咱垛[35]，你的穷坑着俺填。百骸九窍都零散[36]，谁与俺修齐做福，枉受了万苦千酸。

〔一煞〕一个道管送不管埋³⁷，一个道丢开不在官，一个道堤防后日还来验。炎天露暴蝇虫咬，浅土浮丘鸦雀餐³⁸。俺也曾替你挣了千千贯，他和你一并归结³⁹，闪的俺两不相干⁴⁰。

〔尾〕告知富家郎⁴¹，少把金银攒⁴²，大家都做个精穷汉⁴³，免使他图财连累着俺。

1.明世宗嘉靖三十六、七年间（1557、1558），贪官段顾言巡按山东，作恶多端。诗人假托骷髅，揭露他借命案掘坟墓，榨取民财的罪行；并在跋中说："凡告人命，虽诬必以实论；有厚赂，虽实必释。由是诬告伺察之风盛兴，而倚法强发民冢者不可胜计。冢主自陈无冤，则坐以私和；县官勘报无伤，则论以枉法。有葬七十余年者，冢巅之木合抱矣，子孙乞哀于县官，县官垂涕而掘之，不敢后。"为避免政治迫害，作者特在序中说明这套曲是鬼作的。 2."饶君"九句：这支曲说，骷髅以为埋葬后，便可安静无事。"饶"，尽管。"使尽英雄汉"，用尽英雄人物的本领。 3."轮回"，佛家语。佛家认为：世界众生依照他们自己所作所为的善或恶，辗转变化地生死于善道（天上、人间、阿修罗）或恶道（地狱、饿鬼、畜生）中，像车轮那样旋转不停。 4."死生关"，佛家语。佛家认为：世界众生的生命存续，是前后始终连接的，由此而产生痛苦无法解脱，所以称为生死牢关。 5."三魂"，道教语。道教认为，人身有胎光、爽灵、幽精等三魂。"泉台路"，如言泉路，即地下。 6."七魄"，道教语。道教认为，人身有尸狗、伏矢、雀阴、吞贼、非毒、除秽、臭肺等七魄。"蒿里山"，在泰山南，相传是死人住的地方。 7."尘缘"，佛家语。指人与外界事物相接触而发生的关系。 8."盖棺事定"，人一生的好坏，要等他死后方能确定（参看《晋书·刘毅传》）。 9."入土"句：即俗语中"亡人入土为安"。 10."猛听"八句：这支曲说，差役掘墓检尸，骷髅感到突然。 11."攒"，音

cuán，藁葬，即草草埋葬。　　12.“乔”，虚伪，恶劣。“公干”，为公家干事的人，指衙役之类。　　13.“雠徒”八句：这支曲点明到处掘墓检尸，主要因为贪官要钱。　　14.“莽”，粗鲁，在这里即蛮不讲理。　　15.“歪厮战”，无理纠缠。　　16.“非干”，无关。　　17.“证间”，同“证见”。　　18.“六府”，济南府、兖州府、东昌府、青州府、莱州府、登州府。　　19.“少可”，即少，在这里如言“至少”。“可”，语助词。　　20.“又不”八句：这支曲说，死者无冤，且埋葬已久，官府这样做毫无理由。　　21.“桑梓”，这里泛指坟上树木。　　22.“今日”八句：这支曲说，县官为检尸奔忙，尸骸因检验而零乱折碎。　　23.“怄”，没有火焰的燃烧。　　24.“无伤”八句：这支曲写贪官勒逼被告行贿结案。　　25.“使钱”，这里指行贿。　　26.“常言”九句：这支曲写被告出钱买命，含冤负屈。　　27.“过付”，双方交易，经中人往来交付钱、货。这里指纳贿。　　28.“招详”，招供。　　29.《洗冤录》，刑狱检验用书，宋宋慈著。　　30.“千家”八句：这支曲描述贪官得钱后，既踌躇满志，又渴望再得的丑态。“七宝山”，疑指山东胶州产金刚石的七宝山。　　31.“骗海船”，不详，疑即航行海洋的船。“骗”，跳上马。明代海外贸易发达，海船往来，珍宝很多，因有此语。　　32.“故纸”，旧纸。这里指旧的案卷。　　33.“招财童子”“利市仙官”，都是旧时传说中能使人发财致富的神仙。　　34.“生民”八句：这支曲写骷髅因白受摧残而得不到酬谢的愤怒。　　35.“将咱垛”，堆在咱们身上。　　36.“百骸九窍”，指尸身各部分。　　37.“一个”八句：这支曲写骷髅因检验后无人掩埋的愤怒。　　38.“浮丘”，把棺材放在地面上，暂时用砖土砌起来。　　39.“他”，这里指千贯的钱财。　　40.“闪”，抛撒。　　41.“告知”四句：这支曲说，骷髅以为只有活人都穷，它们方能避免贪官摧残。　　42.“攒”，积蓄钱。　　43.“精”，极，非常。

胡十八·刈麦有感¹（四首选一）

穿和吃不索愁，愁的是遭官棒²。五月半间便开仓。里正哥过堂³，花户每比粮⁴，卖田宅无买的，典儿女陪不上⁵。

1. 曲作于神宗万历二年（1574）前后。　2."遭官棒"，被官府棒打。　3."里正"，又称里长，约似后代的地保，惯于依仗官府，欺压穷人。"过堂"，衙门里审官司。　4."花户"，登录户口时，户称花户。"比"，案验，在这里意如查究催逼。　5."陪"，同"赔"。

玉芙蓉·喜雨

初添野水涯，细滴茅檐下，喜芃芃遍地桑麻¹。消灾不数千金价，救苦重生八口家。都开罢：乔花²、豆花，眼见的葫芦棚结了个赤金瓜。

1."芃芃"，音 péng péng，形容草木茂盛。　2."乔花"，荞麦花。"乔"，同"荞"。

朝天子·相¹

对着脸朗言²，扯着手软缠，论富贵分贫贱。今年不济有来年³，看气色实难辨。荫子封妻⁴，成家荡产，细端相胡指点。凭着你脸涎⁵，看的俺靦颜，正眼儿不待见⁶。

1."相"，指以相面为业的人。　2."朗言"，高声说话。　3."今年"二句：意思是，就气色看，不容易确定哪年交好运，反正不是今年，便是明年。　4."荫子封妻"句：古时帝王笼络对他效忠的官吏的制度之一。"荫子"，子以父功而平白做官或受其他优待。"封妻"，妻以夫贵，得到夫人、孺人等封号。　5."脸涎"，老着脸皮不识羞耻。　6."不待见"，不愿见。

满庭芳·书虫¹

蠹鱼虽小²，咬文嚼字，有甚才学。绵缠纸里书中耗³，占定窝巢。俺看他一生怕了⁴，你钻他何日开交⁵。听吾道：轻身儿快跑⁶，捻着你命难饶！

1.曲借书虫抒写辛勤读书而不得志的牢骚。　2."蠹鱼"，蛀食书籍的小白虫。　3."耗"，消磨时间。　4."他"，指书籍，下同。　5."开交"，停止。　6."轻身"二句：作者曾受排挤、迫害，所以有这样愤愤语。

刘效祖

刘效祖（1522—1589），字仲修，山东滨州人。明世宗嘉靖时进士，官至陕西按察副使，后以事罢官。散曲作于他罢官后，抒愤讽刺的作品居多。有《词脔》。

沉醉东风

怕待看蛾眉妒宠[1]，羞题起蚁阵争雄。瞒着心狠做作[2]，睁着眼胡踢弄[3]，怎脱离天地牢笼？辛苦争如食蓼虫[4]，尚兀自心肠懵懂。

1."待"，语助词。　2."做作"，矫揉造作。　3."胡踢弄"，如胡踢蹬，胡作妄为。　4."辛苦"二句：用蓼虫食蓼不觉辛辣，比喻惯于为恶，不知改变的人。"蓼"，音 liǎo，草名，味辛辣。王粲《七哀诗》有"蓼虫不知辛"，刘曲本此。

李攀龙

　　李攀龙（1514—1570），字于鳞，号沧溟，历城（今山东济南）人。举进士后，任郎中、陕西提学副使等职，官至河南按察使。他是"后七子"的中心人物，主复古，重摹拟。诗中七言律绝较佳。有《沧溟先生集》。

送明卿之江西 [1]

　　青枫飒飒雨凄凄，秋色遥看入楚迷 [2]。谁向孤舟怜逐客？白云相送大江西。

1. "明卿"，吴国伦的字。他是"后七子"之一。因忤严嵩，于明世宗嘉靖三十年（1551），谪江西南康（今赣州市南康区），诗即此时作。　2."秋色"句：遥看前途一片秋色。"楚"，这里泛指长江下游一带。

挽王中丞 [1]（八首选二）

其一

司马台前列柏高 [2]，风云犹自夹旌旄 [3]。属镂不是君王意 [4]，莫作胥山万里涛[5]。

1. "王中丞"指王忬。他曾任蓟辽总督，因边防失事，又为严嵩构陷，嘉靖三十九年（1560）被杀。组诗即此时作。　　2. "司马"，周以大司马掌军政，为六卿之一，后因称兵部尚书为大司马。王曾任兵部侍郎，故称司马。"列柏"，西汉末，御史"府中列柏树，常有野乌数千栖宿其上"（《汉书·朱博传》）。后世遂称御史台为柏台或柏府。王曾任都御史，故用"列柏"故事。　　3. "风云"句：王的风云之气在他死后还萦绕着军中旌旗。　　4. "属镂"句：是说王忬之死，是由于严嵩诬害。"属镂"，古剑名。吴王夫差以伍子胥强谏，赐所佩属镂剑，迫令子胥自刎（参看《史记·伍子胥列传》）。　　5. "胥山万里涛"，吴王既杀伍子胥，投尸于江，子胥愤恨，遂驱水为涛（参看《吴越春秋·夫差内传》），世称"胥涛"。"胥山"有三，皆因伍子胥得名。这里应指苏州的胥山。

其二

幕府高临碣石开[1]，蓟门丹旐重徘徊[2]。沙场入夜多风雨[3]，人见亲提铁骑来[4]！

1. "幕府"二句：追述王任蓟辽总督时的气派。"碣石"，山名。地址说者不一。据《汉书·地理志》，在今河北乐亭附近。王曾为蓟辽总督，故言及"碣石"。　　2. "蓟门"，即蓟丘，在今北京附近。"旐"，音 zhào，上画龟蛇的旗，这里泛指旗。　　3. "沙场"二句：想象王英灵不泯，仍出入沙场，保卫国家。　　4. "亲提"，亲自督率。

徐　渭

徐渭（1521—1593），字文长，山阴（今浙江绍兴）人。天才超逸，知兵好奇计，以秀才为浙督胡宗宪幕客。胡下狱，他惧而发狂，后愤懑潦倒而死。他是个封建礼教的反抗者。诗文戏曲皆工，反对复古。诗多奇峭。有《徐文长集》。

龛山凯歌 [1]（六首选一）

短剑随枪暮合围，寒风吹血着人飞；朝来道上看归骑，一片红冰冷铁衣 [2]。

1.“龛山”，山名，在浙江萧山东北五十里，与海宁赭山对峙，旧有龛山寨设兵戍守。“龛”，音 kān。明世宗嘉靖时，倭寇侵扰浙闽沿海各地。组诗为龛山大捷而作。作期为嘉靖三十四年（1555）。这首歌颂破敌将士的英勇。　2.“一片”句：与第二句相呼应，皆用血多形容战斗的激烈。“红冰”，血凝结成的冰。

王世贞

王世贞（1526—1590），字元美，太仓（今江苏太仓）人。明世宗嘉靖进士，曾任山东副使、大名兵备等职。官至刑部尚书。他与李攀龙同为"后七子"领袖。晚年渐认识到拟古的错误，诗也由博杂、繁缛，转向平淡自然。有《弇州山人四部稿》。

钦䲹行[1]

飞来五色鸟[2]，自名为凤凰，千秋不一见，见者国祚昌[3]。响以钟鼓坐明堂[4]，明堂饶梧竹[5]，三日不鸣意何长。晨不见凤凰，凤凰乃在东门之阴啄腐鼠[6]，啾啾唧唧不得哺[7]。夕不见凤凰，凤凰乃在西门之阴媚苍鹰：愿尔肉攫分遗腥[8]。梧桐长苦寒，竹实长苦饥。众鸟惊相顾，不知凤凰是钦䲹。

1. "钦䲹"是个神话中人物。他与钟山之子杀葆江后，被天帝处死，化为大鹗。其状如雕而黑文，白首赤喙而虎爪，其音如晨鹄，见则有大兵（参看《山海经·西山经》）。"䲹"音 pí。诗以钦䲹冒充凤凰，讽刺权相严嵩欺世盗名。 2. "五色鸟"，相传凤凰备五色。 3. "见者"句：相传凤凰现，则天下安宁。 4. "响"，应作"飨"，通"享"，献。"明堂"，周代天子明政教、朝诸侯、祭祀、选士的殿堂。这里借指举行重大典礼的地方。　5.“梧竹”，相传凤凰栖梧桐，食竹实。　6.“腐鼠”，《庄子·秋水》：“鹓雏（凤的一种）……非梧桐不止，非练实不食，非醴泉不饮。于是鸱得腐鼠，鹓雏过之，仰而视之曰‘吓’。”后来遂用“腐鼠”比喻庸人所好、贤者所恶的事物。　7.“啾啾”句：是说假凤凰因为得不到它所惯食的腐秽的东西而悲鸣。　8.“遗腥”，吃剩下来的肉。

送妻弟魏生还里 [1]

阿姊扶床泣，诸甥绕膝啼；平安只两字，莫惜过江题。

1.“魏生”，事迹不详。

薛论道

薛论道（约 1531—约 1600），字谈德，定兴（今河北定兴）人。他中年从军，在军中三十余年，以功臣至参将。由于当时阉人弄权，皇帝昏愦，他终于遭到排斥，辞官返乡。他的散曲多至千首，多数是不平之鸣，对当时的恶势力作有力的冲击；笔锋犀利，语言朴质。有《林石逸兴》。

水仙子·卖狗悬羊 [1]

从来浊妇惯撇清 [2]，又爱吃鱼又道腥，说来心口全不应。貌衣冠 [3]，行市井 [4]，且只图屋闰身荣 [5]。张布被诚何意，饭脱粟岂本情 [6]，尽都是钓誉沽名。

1. 俗语有"挂羊头，卖狗肉"。　2. "撇清"，假装正经。　3. "衣冠"，指士大夫。　4. "市井"，指城市的光棍无赖。　5. "屋闰"，"闰"当是"润"之误。《礼记·大学》有"富润屋"。　6. "脱粟"，仅去皮壳而未细碾的粗米。与前句"布被"均指汉公孙弘的故事（参看《史记·平津侯主父列传》）。

水仙子·寄征衣 [1]

西风吹妾妾忧郎，为办寒衣检旧裳。千针万线奴心上，一针针泪两行。瘦和肥仔细端详，两肩窝削三寸 [2]，四停身照旧长 [3]。不伤情铁打心肠。

1. 作者曾守北边，曲抒写战士的妻子思夫的心情。　2. "肩窝"，腋下。　3. "四停身"，前后襟和袖的长度。这里指大体规模。

朱载堉

朱载堉（1536—1611），字伯勤，明宗室。父朱厚烷封郑恭王。明皇族内讧，厚烷被禁锢在凤阳，他便住在禁所门外的土室里，钻研乐律。他的散曲多为讽刺当时社会的丑恶而作，在民间流传颇广。有《醒世词》。

山坡羊·富不可交

劝世人，休结交有钱富汉。结交他，把你下眼来看[1]。口里挪肚里借[2]，与他送上礼物，只当没见。手拉手往下席安[3]，拱了拱手，再不打个照面。富汉吃肉，他说："天生福量。"穷汉吃肉，他说："从来没见。"似这般冷淡人心，守本分，切不可与他高攀。羞惭，满席飞钟[4]，转不到俺跟前。羞惭，你总有银钱[5]，俺不希罕！

1."下眼来看"，轻视。"来"，语助词。　2."口里"句：极言尽力搏节积蓄。"借"，"攒"之误。　3."下席"，低下的座次。　4."满席"句：意思是普遍敬酒。　5."总有"，纵有。

袁宏道

袁宏道（1568—1610），字中郎，公安（今湖北公安）人。与兄宗道、弟中道齐名，时称"三袁"。明神宗万历中举进士。初为吴县知县，有善政。后任礼部主事、考功员外郎等职。他论文反对复古，反对摹拟，主张"独抒性灵"，不受格套局限，认为好诗好文都是任性而发，是公安派的代表人物。诗清新活泼，但反映社会现实者较少，且时嫌浅滑。有《袁中郎全集》。

显灵宫集诸公，以"城市山林"为韵[1]（四首选一）

野花遮眼酒沾涕[2]，塞耳愁听新朝事[3]；邸报束作一筐灰[4]，朝衣典与栽花市。新诗日日千余言，诗中无一忧民字[5]；旁人道我真聩聩[6]，口不能答指山翠[7]。自从老杜得诗名[8]，忧君爱国成儿戏。言既无庸默不可[9]，阮家那得不沉醉[10]？眼底浓浓一杯春[11]，恸于洛阳年少泪[12]。

1. 显灵宫，在北京西郊，明代名胜之一。明神宗万历十七年（1589），作者应试下第，常携友郊游，诗当为此时作。时朝政日非，又兼功名不遂，故语多愤激。　2.“野花”四句：是说国事使人忧伤，因而不愿听朝中消息，以赏花自遣。　3.“新朝事”，朝中近事。　4.“邸报”，汉代郡国、唐代藩镇都在京都设邸舍，以便来朝时止息。邸中传抄诏令章奏之类，向郡国或藩镇报告，因称“邸报”。后世用以指由内阁与六科抄发的朝报。　5.“诗中”句：这是愤语，袁诗并不如此，如《巷门歌》便是为人民控诉的诗。　6.“聩聩”，音kuìkuì，昏聩。　7.“指山翠”，表示将退隐山中。　8.“自从”两句：意思是，杜诗以忧君爱国著名，但后人学杜，因无真情实感，遂成滥调。　9.“言既”四句：以阮籍自喻。“庸”，用。　10.“阮家”，指阮籍。他为逃避司马氏的政治迫害，遁迹酒中，时常大醉。　11.“春”，指春酒。　12.“洛阳年少”，指贾谊。他是洛阳人，少时上《治安策》，以为当时政治“可为痛哭者一，可为流涕者二”。

闻省城急报[1]

　　黄鹄矶头红染泪[2]，手杀都堂如儿戏[3]；飞鞚叠骑尘碾尘[4]，报书一夕三回至。天子圣明臣敛手[5]，胸臆决尽天下事。二百年来好纪纲[6]，辰裂星纷委平地[7]。天长阍永叫不闻[8]，健马那堪持朽辔[9]。书生痛哭倚蒿篱，有钱难买青山翠[10]。

1.“省城急报”，指万历三十二年（1604），宗室朱蕴鉁等讧变事。事起于楚藩王位继承的纠纷（参看《明史·楚王传》、《明实录·万历实录》卷四百一）。作者有感于在王位纠纷中，宰臣受贿，皇帝昏庸，及在讧变中宗人横行，因以诗讽刺。　2.“黄鹄矶”，在今湖北武昌黄鹄山下。“红染泪”，参加讧变的达三千余人，曾肆行劫掠。　3.“都堂”，官名。明代总督、巡抚均得称"都堂"。这里是指讧变中被打死的湖广巡抚赵可怀。　4."飞鞚叠骑",向京师报警的驿马疾驰如飞,而且前后重叠。　5."天子圣明",不便直斥皇帝昏庸,故反说。"敛手",袖手旁观。　6."二百年",明代始于太祖洪武元年(1368),至万历三十二年共二百三十余年。　7."辰裂星纷",古人以星辰陨坠为天变,常预示国家的危乱,故用以比纪纲败坏。　8."閭永",宫门深远。　9."健马"句:用尚书《五子·之歌》"懔乎若朽索之驭六马"意。　10."有钱"句:是说无处可避乱。晋支遁向竺法深买印山,法深说:"未闻巢由买山而隐。"(参看《世说新语·排调》)后人遂称归隐为买山。袁用《世说新语》而意微异。

棹歌行 [1]

姜家白苹洲,随风作乡土;弄蒿如弄针,不曾拈一缕 [2]。四月鱼苗风 [3],随君到巴东 [4];十月洗河水,送君发扬子 [5]。扬子波势恶,无风浪亦作;江深得鱼难,鸬鹚充糕臛 [6]。生子若凫雏 [7],穿江复入湖;长时剪荷叶,与儿作衣襦。

1."棹歌行"是乐府旧题。诗从渔妇的角度写渔家的艰苦生活。　2."不曾"句:未做过针线活。　3."鱼苗风""洗河水",皆渔家习用语。　4."巴东",郡名,今湖北秭归一带。　5."扬子",扬子江。　6."鸬鹚",音 lú cí,水鸟名,渔人养以捕鱼。"糕臛",泛言食物。"臛",音 huò,肉羹。7."凫",音 fú,水鸟名,俗称野鸭。

钟　惺

钟惺（1574—1625），字伯敬，竟陵（今湖北天门）人。明神宗万历进士，官至福建提学金事。与谭元春并为竟陵派的创始人。他反对复古，却因追求幽深孤峭，不免流于冷僻晦涩。有《隐秀轩集》。

江行俳体 [1]（十二首选一）

虚船也复戒偷关 [2]，枉杀西风尽日湾 [3]。舟卧梦归醒见水，江行怨泊快看山。弘羊半自儒生出 [4]，馋虎空传税使还 [5]。近道计臣心转细 [6]，官钱曾未漏渔蛮 [7]。

1.组诗作于作者入京应试途中。诗序说，他要使这些诗"体浑而响切，事杂而词整，气诙而法严"，称"俳体"大约为此。这首诗讽刺水路上苛税，而语涉嘲戏。　2."虚船"二句：是说关卡留难，纵是空船也须停泊待查。"偷关"，不纳税而过关。　3."尽日湾"，整天地停泊；俗称泊舟为湾。　4."弘羊"，汉桑弘羊。征收舟车税自他与孔仅等开始（参看《汉书·食货志》）。这里指多方搜刮民财的官吏。"半自儒生出"，意思是儒家主张薄税敛，可是现在残酷地剥削人民的官吏，却半数是儒生出身。　5."馋虎"句：是说即令税已收去，饿虎一样的税使可能再来。"馋虎"，秦攻赵，信陵君急于救赵，将率宾客赴秦军。侯生以为这样做如"以肉投馁虎，何功之有"（参看《史记·信陵君列传》）。　6."计臣"，如言谋臣，这里专指掌管财政的人。　7."官钱"句：生活在水上的渔人也要纳税。"渔蛮"，即"鱼蛮"（参看苏轼《鱼蛮子》）。

冯梦龙

　　冯梦龙（1574—1646），字犹龙，长洲（今江苏苏州）人。明思宗崇祯初的贡生，曾任丹徒训导、寿宁知县。清兵南侵，他主张退守闽、广，继续抗战。他毕生从事通俗文学、民间文学的搜集、整理、编辑工作，也有所创作。在民间文学的影响下，他的散曲的特点是情感真挚，语言亲切而新颖。有《宛转歌》已佚，作品见《太霞新奏》等选本。

玉胞肚·赠书[1]

　　频频书寄，止不过叙寒温[2]，别无甚奇。你便一日间千遍书来，我心中也不嫌聒絮[3]。书呵原非要紧好东西，为甚一日无他便泪垂。

1. "书"，指信件。 2. "叙寒温"，泛谈天气冷暖等日常生活琐事。 3. "聒絮"，语言烦琐，且老说不停。

陈子龙

陈子龙（1608—1647），字卧子，华亭（今上海市松江区）人。明思宗崇祯中举进士，任绍兴推官，官至兵科给事中。南京陷，江南浙西抗清军蜂起。他参与军事，转战于江浙间；并与监国鲁王联络。事败被捕，投水死。

陈子龙的文学主张本与"前后七子"相近，诗文多拟古人；明末社会危机的爆发，使他的诗发生深剧的变化。忧时念乱的激愤、国破家亡的哀痛、抗清的斗争，给作品带来慷慨激昂、雄浑苍凉的风格。他也善作词，在绸缪宛转中寄托爱国深情。有《陈忠裕公全集》。

边风行 1

十月居延边草死 2，黄风吹沙万余里。落日半照牛与羊，入暮胡笳马上起。枯桑渐渐杂声来，城头鸣角何时已。千烽齐过玉门关[3]，一声夜渡黄河水。鸥枭宵啼啄战场[4]，白狐青冢磷光紫[5]。此时将军归帐中[6]，霜戈壁立月在空；金铙十部尽胡乐[7]，屈卮舞女酬新功[8]。美人起唱《伊州曲》[9]，飒然四坐生悲风[10]。回首中朝冠盖子[11]，赐貂方出明光宫[12]。

1.诗作于明思宗崇祯四年（1631）前后。写边将不能抗敌，而沉湎声色。时后金（1636年改称清）侵明，曾入扰关内，故诗似咏古，实乃讽今。　2.“居延”，指居延塞，在今甘肃张掖、酒泉一带。　3.“千烽”两句：是说敌兵突然入侵。“玉门关”，在今甘肃敦煌西。　4.“鸥枭”二句：从鸥枭夜啄尸首与骨磷闪光，以见战斗激烈，伤亡众多。　5.“白狐”，未详。就文义言，当指边塞野兽。“青冢”，本汉王昭君墓，这里泛指边塞坟墓。　6.“此时”六句：意思是，士兵伤亡惨重，将军却观舞听歌。　7.“铙”，乐器名，似铃而无舌有柄。“十部”，隋有九部乐，唐太宗平高昌，收其乐，自是初有十部乐（参看《唐书·礼乐志》）。　8.“屈卮”，酒杯名，“如菜碗样而有手把子”（《东京梦华录》卷九）。　9.《伊州曲》，伊州在今新疆哈密。唐乐曲多用边地为名，大曲中有《伊州》。　10.“四座生悲风”，将军尽管兴高采烈，但《伊州曲》却在座中营造出悲凉气氛。　11.“回首”二句：朝内官僚还妄以为边境无事，而陶醉于承宠加官。　12.“赐貂”，指赐予官爵。“貂”，汉侍中、中常侍的冠饰。“明光宫”，汉宫名。

小车行[1]

　　小车斑斑黄尘晚[2]，夫为推[3]，妇为挽。出门何所之？青青者榆疗我饿，愿得乐土共餔糜[4]。风吹黄蒿[5]，望见墙宇，中有主人当饲汝[6]。叩门无人室无釜，踯躅空巷泪如雨[7]。

1. 崇祯十年（1637）六月，北京附近与山西大旱；七月，山东遭受蝗灾。（参看《明史·庄烈帝纪》）诗以作者自京南归途中所见为素材。 2. "斑斑"，车声。 3. "为"，则。4. "餔糜"，吃粥。"餔"，音bū。 5. "黄蒿"，大旱使蒿枯黄。 6. "汝"，流民夫妇相称之辞。 7. "踯躅"，音zhízhú，同"踟蹰"，意即徘徊，这里形容失望彷徨。

辽事杂诗[1]（八首选一）

卢龙雄塞倚天开[2]，十载三逢敌骑来[3]。碛里角声摇日月[4]，回中烽色动楼台[5]。陵园白露年年满[6]，城郭青磷夜夜哀[7]。共道安危任樽俎[8]，即今谁是出群才[9]！

1. "辽事"，辽东边事。后金自万历晚年建国后，即为明东北边境的严重威胁，至天启、崇祯而益剧。组诗约作于崇祯十年（1637）前后，这首为清（即后金）侵入关内而发。 2. "卢龙"两句：是说东北边境的地势虽险，却挡不住后金内侵。"卢龙"，山名，自热河七老图岭起，蜿蜒于长城内外，东接山海关北的松岭。 3. "三逢敌骑来"，崇祯二年（1629）十一月、七年（1634）七月、九年（1636）七月，后金兵曾三次入关，进逼北京（参看《明史·庄烈帝纪》）。 4. "碛里"句：意思是说敌军声势浩大。"碛"，音qì，沙漠。"摇日月"，如言惊天动地。 5. "回中"句：敌军入塞，离宫已受威胁。"回中"，秦宫名，故址在今甘肃陇县西北。这里借指北京附近明帝的园囿。 6. "陵园"，明帝诸陵在今北京昌平天寿山。崇祯九年秋，清兵由此进逼北京。"白露年年满"，荒凉景象。 7."城郭"，指近京诸县如固安、遵化等。"青磷夜夜哀"，死于战争的人很多。 8."任樽俎"，依靠外交商谈。"樽俎"，亦作"尊俎"，"折冲樽俎"之省。《晏子春秋·杂上》第十六："不出尊俎之间，而折冲于千里之外。"后金屡次表示愿和好，本句当与此有关。 9."即今"句：当前谁是可受此重任的杰出人才。"出群才"，杜甫《诸将》有"安危须仗出群才"。

渡易水[1]

并刀昨夜匣中鸣[2]，燕赵悲歌最不平[3]；易水潺湲云草碧，可怜无处送荆卿[4]！

1."易水"，在今河北易县，一名武水。诗作于崇祯十三年（1640）作者母丧服满入都途中，是怀古，也是伤时。 2."并刀"，并州（今山西太原一带）刀以锋利著名，故常用以指快刀，有时也泛指刀。 3."燕赵悲歌"，韩愈《送董邵南序》："燕赵古称多感慨悲歌之士。" 4."送荆卿"，燕太子丹使荆轲入秦刺秦王，在易水上送别。

秋日杂感[1]（十首选一）

行吟坐啸独悲秋，海雾江云引暮愁[2]。不信有天常似醉[3]，最怜无地可埋忧[4]。荒荒葵井多新鬼[5]，寂寂瓜田识故侯[6]。见说五湖供饮马[7]，沧浪何处着渔舟[8]。

1.组诗约作于清世祖顺治三年（1646）。时作者抗清兵败，避居于嘉兴武塘一带。这首写诗人坚决复国而力殚势孤的哀愁。　2."海雾江云"，陈子龙当时与福建的唐王朱聿键、浙江的鲁王朱以海均有联系，故有此语。　3."不信"句：是说天难道昏聩如醉，让清人统治中国。春秋时，秦穆公梦朝天帝，帝醉，以鹑首之地（今湖北襄阳、安陆诸地）赐秦（参看张衡《西京赋》、魏徵等《隋书·地理志》）。　4."无地可埋忧"，反用汉仲长统《述志》"埋忧地下"。　5."荒荒"句：悼念抗清死难的亡友，如沈自炳等。"葵井"，疑用梁何逊《行经范仆射故宅》诗句"旅葵应蔓井"，说他们的故居已荒凉。　6."寂寂"句：哀怜明亡后隐遁不出的明贵族，如魏国公徐宏基等。"瓜田故侯"，秦亡后，故东陵侯邵平种瓜为生。　7."五湖"，指太湖。"供饮马"，指为清兵所占有。　8."沧浪"句：意思是，无地可作抗清的据点。"沧浪"，水青色，这里如言江湖。

点绛唇·春日风雨有感 [1]

　　满眼韶华，东风惯是吹红去。几番烟雾 [2]，只有花难护。　　梦里相思，故国王孙路 [3]。春无主 [4]，杜鹃啼处，泪染胭脂雨。

1.借惜花怀人，写亡国哀痛与复国希望。　2."几番"句：指清兵南下后的一系列事变。　3."王孙"，对尊礼、思慕者的称呼，如淮南小山《招隐士》有"王孙游兮不归"，这里疑指鲁王、唐王。　4."春无"三句：叹复国不易。

念奴娇·春雪咏兰 [1]

问天何意，到春深、千里龙山飞雪 [2]？解珮凌波人不见 [3]，漫说蕊珠宫阙 [4]。楚殿烟微 [5]，湘潭月冷，料得都攀折。嫣然幽谷 [6]，只愁又听啼鴂 [7]。　　当日九畹光风 [8]，数茎清露，纤手分花叶。曾在多情怀袖里 [9]，一缕同心千结。玉腕香销 [10]，云鬟雾掩，空赠金跳脱 [11]。洛滨江上 [12]，寻芳再望佳节。

1.词借兰草、春雪与美人，用比兴的手法写抗清复国的艰苦与信心。　2."龙山"，邅龙山之省，指古代传说中北方的一座冰山（参看《楚辞·招魂》《楚辞·大招》王逸注）。鲍照《学刘公干体》："胡风吹朔雪，千里度龙山。""雪"，比喻祖国的危难与自己在抗敌斗争中所遭的挫折。　3."解珮凌波"，指江妃、洛神，以美人象征君国。"解珮"，刘向（？）《列仙传》说：郑交甫遇江妃于江汉之滨，江妃解珮相赠。"凌波"，曹植《洛神赋》写洛神"凌波微步，罗袜生尘"。　4."蕊珠宫阙"，神仙所居。　5."楚殿"三句：意思是兰所生长的地方都已萧条，兰花应已折尽。　6."幽谷"，蔡邕（？）《琴操》说：孔子自卫反鲁，于隐谷中见香兰独茂。　7."只愁"句：恐不久也将零落。"鴂"，鹈鴂。《离骚》："恐鹈鴂之先鸣兮，使百草为之不芳。"　8."当日"三句：回想当初兰花茂盛，曾受美人培植。"九畹"，《离骚》："余既滋兰之九畹兮。""畹"，十二亩。"光风"，丽日与和风，《招魂》："光风转蕙，泛崇兰些。"　9."曾在"句：美人珍惜兰花，将它放在怀袖里。　10."玉腕"三句：意思是，当日赠品虽在，美人现已憔悴。　11."跳脱"，钏，俗称镯，也写作"条脱"。女仙绿萼华，晋时曾降羊权家，赠权金玉条脱各一（参看《真诰·运象》）。　12."洛滨"二句：希望将来能与美人重逢。"洛滨"，应前洛神。

"江上"，应前江妃。

顾炎武

顾炎武（1613—1682），字宁人，昆山（今江苏昆山）人。南明时，曾一再抗清。明亡，亡命北方，仍观察山川形势，联络遗民，谋图恢复。直到晚年依旧鼓励朋友继续斗争。他是学者，也是诗人。他的诗精悍深沉，多方面反映明清之间的现实斗争，字里行间洋溢着爱国激情。有《亭林诗文集》。

精 卫[1]

万事有不平[2]，尔何空自苦[3]；长将一寸身，衔木到终古[4]？
我愿平东海[5]，身沉心不改；大海无平期，我心无绝时。呜呼[6]！
君不见，西山衔木众鸟多，鹊来燕去自成窠[7]！

1.《山海经·北山经》：发鸠山有鸟名精卫，是炎帝之女女娃所变。女娃游东海，溺死；后化为精卫，衔西山的木、石，往填东海。明亡后，顾炎武立志复国；诗以精卫为喻，写他的抗清复明的决心。作于清世祖顺治四年（1647）。　2."万事"四句：问精卫。　3."尔"，指精卫。　4."终古"，永远。　5.“我愿”四句：精卫答。　6.“呜呼”三句：讽刺当时托名遗民，而实为自己利禄打算的人。　7.“鹊”“燕”，比喻无远见、大志，只关心个人利害的人。“窠”，音 kē，巢。

又酬傅处士次韵 ¹（二首选一）

　　清切频吹越石笳 ²，穷愁犹驾阮生车 ³。时当汉腊遗臣祭 ⁴，义激韩仇旧相家 ⁵。陵阙生哀回夕照 ⁶，河山垂泪发春花。相将便是天涯侣 ⁷，不用虚乘犯斗槎 ⁸。

1.“傅处士”，即傅山，山西阳曲人，明末清初学者。清世祖顺治时他被迫害几死，以遗民终。圣祖康熙二年（1663），顾炎武游太原，和他相酬唱。组诗即此时作。这首写傅、顾对故国的忠贞与彼此的契合。　2.“清切”四句：颂美傅山的民族气节。“越石笳”，晋刘琨字越石，为胡骑困于晋阳时，他晓夜奏胡笳，胡骑为笳声动乡思，遂解围而去（参看《晋书·刘琨传》）。刘琨是个爱国志士，傅山也自称有“弯强跃骏之骨”，可以参加武装斗争，故以二人相比。　3.“犹驾阮生车”，魏阮籍驾车独出，不由径路，途穷便恸哭而回（参看《晋书·阮籍传》）。阮籍遇途穷便回车，傅山抗清虽遇困难，而仍坚持，故言“犹驾”。　4.“汉腊遗臣祭”，西汉末陈咸为尚书。王莽篡位，他与三子同“归乡里，闭门不出入”，但腊祭日期用汉旧制。“人问其故，咸曰：‘我先人岂知王氏腊乎！’”（参看《后汉书·陈宠传》）“腊”，祭名。岁终祭百神，汉制定在十二月戌日举行。以陈、傅相比，是说傅在生活上仍遵明制。　5.“义激”句：汉张良因先代五世相韩，韩亡，便散尽家财“求客刺秦王，为韩报仇”（参看

《史记·留侯世家》)。 6.“陵阙”二句：诗人自述瞻拜明故宫、明陵墓，并漫游南北各地的感慨。 7.“相将”句：如果互为声援，相隔虽然极远，也会成为朋友。“相将”，相扶助。 8.“不用”句：不必跋涉长途时来相访。《博物志》:“天河与海通，近世有人居海渚者，年年八月有浮槎去来，不失期。”

旅中[1]

久客仍流转[2]，愁人独远征。釜遭行路夺[3]，席与舍儿争[4]。混迹同佣贩，甘心变姓名。寒依车下草[5]，饥糁鏖中羹[6]。浦雁先秋到[7]，关鸡候旦鸣[8]。蹠穿山更险[9]，船破浪犹横[10]。疾病年来有，衣装日渐轻。荣枯心易感[11]，得丧理难平[12]。默坐悲先代[13]，劳歌念一生[14]。买臣将五十[15]，何处谒承明[16]。

1. 入清后，顾炎武为避免迫害，图谋抗清，长期奔走于山东、山西、陕西、河北诸地。诗写作者转徙南北的艰苦生活，并叹复国无期，作于顺治十三年（1656）。 2.“流转”，流离转徙。 3.“釜遭”二句：言旅中遭受欺侮。“行路夺”，用秦蔡泽事。战国时，蔡泽被赵驱逐，赴韩、魏，路上锅被人抢去（参看《战国策·秦策》)。 4.“舍儿争”，阳子居到沛谒老子，归家时，因受老子影响，不再骄矜，“舍者与之争席矣”（参看《庄子·寓言》)。顾诗用此事，而意有出入。“舍儿”，舍者，旅店中人。 5.“寒依”二句：言旅中宿食艰难。“车下”，《诗经·豳风·东山》:“敦彼独宿，亦在车下。” 6.“糁”，音 sǎn，把米和在菜汤里。“鏖中羹”，没有煮过的羹。春秋时吴王夫差梦见“两鏖蒸而不炊”，公孙圣的解释是"见鬵蒸而不炊者，大王不火食也"（参看《吴越春秋·夫差内传》）。"鬵"，音ǐi，同"鬲"，鼎类的炊具。 7."浦雁"句：行踪不定，如雁的南北来往，但不似雁那样有固定的季节。 8."关鸡"句：渡关的艰险如孟尝君过函谷关，但不像孟尝君有善学鸡鸣的人帮助，他只能等鸡鸣开关。 9."蹠"，音zhí，脚掌。 10."横"，音héng，蛮强。 11."荣枯"二句：对明朝倾覆不胜哀痛，为抗清不成心怀不平。"荣枯"，盛衰，复词偏义，这里重在枯。 12."得丧"，成败，复词偏义，重在丧。 13."默坐"句：顺治二年（1645），清兵陷昆山，顾炎武的生母受伤臂折，嗣母绝食殉国，本句当指此言。 14."劳歌"句：以歌咏记述生平的忧愤辛苦。"劳歌"，忧愤者的歌。 15."买臣"句：《汉书·朱买臣传》有"我年五十当富贵"。诗人慨叹自己也年近五十。 16."何处"句：无处可见明代皇帝，意即复明事无成功希望。"承明"，曹植《赠白马王彪》有"谒帝承明庐"。

张煌言

张煌言（1620—1664），字玄著，鄞（今浙江宁波市鄞州区）人。明思宗崇祯时举人。南京失陷后，他与钱肃乐等奉鲁王监国，与郑成功共同抗清。后被捕，不屈死。诗多朴质悲壮。有《张忠烈公集》。

辛丑秋虏迁闽浙沿海居民，壬寅春余舣棹海滨，春燕来巢于舟，有感而作 [1]

去年新燕至，新巢在大厦；今年旧燕来，旧垒多败瓦。燕语问主人，呢喃泪盈把 [2]。画梁不可望，画舫聊相傍。肃羽恨依栖 [3]，衔泥叹飘飏 [4]。自言"昨辞秋社归 [5]，北来春社添恶况 [6]。一片蘼芜兵燹红 [7]，朱门那得还无恙！最怜寻常百姓家 [8]，荒烟总似乌衣巷"。君不见，晋室中叶乱五胡 [9]，烟火萧条千里孤；春燕巢林木，空山啼鹧鸪。只今胡马复南牧 [10]，江村古木窜鼪鼯 [11]。万户千门徒四壁，燕来亦随樯上乌 [12]。海翁顾燕且太息 [13]，风帘雨幕胡为乎 [14]！

1."辛丑"指清世祖顺治十八年（1661）。这年，郑成功入台湾，清为困成功，遂施行"迁海"政策，勒令江、浙、闽、粤近海居民内迁。"壬寅"是圣祖康熙元年（1662）。郑成功卒，子郑经主台湾，仍抗清，往来海上企图再举。"舣"，音 yǐ，停船靠岸。　2."呢喃"，形容燕语。"盈把"，极言泪多。　3."肃羽"，"肃肃其羽"（《诗经·鸿雁》）之省。"肃肃"，羽声。　4."飏"，同"扬"。　5."自言"句：自此至"荒烟"句，借燕语写北方破坏惨重。"社"，社日，祭地神的日子。分春社与秋社。　6."北来春社"，春天燕自南来北，春社时到。"北"，一本作"比"，"北"较好。　7."一片"句：是说从前一片芳草的好地方，现在燃烧着战火。"蘼芜"，香草名。"兵燹"，兵火。"燹"，音 xiǎn。　8."最怜"二句：反用刘禹锡《乌衣巷》诗。　9."五胡"，匈奴、羯、鲜卑、氐、羌。西晋时，他们据有中原，史称"五胡之乱"。　10."胡马南牧"，贾谊《过秦论》有"胡人不敢南下而牧马"。这里指清兵入关。 11."鼪",音 shēng,即黄鼠狼。"鼯",音 wú,形似松鼠,居树穴中。 12."樯上乌",桅竿上刻木作乌形,因为乌识风向。杜甫《大历三年春白帝城放船出瞿塘峡》诗有"燕子逐樯乌"。 13."海翁",作者自称。 14."风帘"句:慨叹战乱中连燕子也无处安居。

屈大均

屈大均(1630—1696),字翁山,番禺(今广东广州)人。少时即参加抗清斗争。广州陷,削发为僧,仍图恢复。曾远游辽东、陕西诸地。还俗后,又参加吴三桂反清军。吴败,他抑郁而卒。他的诗才气横溢,带浪漫色彩,多与抗清有关,也涉及人民疾苦。有《翁山诗外》等。

于忠肃墓[1]

一代勋猷在[2],千秋涕泪多。玉门归日月[3],金券赐山河[4]。暮雨灵旗卷[5],阴风突骑过[6]。墓前频拜手[7],愿借鲁阳戈[8]。

1."于忠肃",即于谦,谥忠肃。墓在杭州西湖三台山。清世祖顺治七年

（1650），广州破，屈大均削发为僧，事函昰法师于雷峰海云寺，居西湖（指广州古西湖）甚久。诗当是此时作。　2．"猷"，谋略。　3．"玉门"二句：是说于谦使国家危而复安，英宗得归，应受铁券之赐，即犯重罪，也可免死。　4．"金券"，即金书铁券。券铁质金字，为古代皇帝赐予功臣的一种信物。功臣本人及其后裔如犯罪，可凭此获得赦免或减刑。"山河"，《史记·高祖功臣侯年表》："封爵之誓曰：'使河如带，泰山若厉（砺），国以永宁，爰及苗裔。'"　5．"暮雨"二句：意思是，于谦虽死，而英灵如在。"灵旗"，汉武帝为伐南越，祷告太一（神名），作灵旗，上画日、月、北斗七星等（参看《汉书·礼乐志》与《郊祀志》）。　6．"突骑"，能突入敌阵的骑兵。　7．"拜手"，拜时首俯至手。　8．"鲁阳戈"，春秋时，鲁阳公与敌酣战，日暮，他以戈挥日，日为之反三舍（参看《淮南子·览冥》）。

云州秋望 [1]

　　白草黄羊外 [2]，空闻觱篥哀 [3]。遥寻苏武庙 [4]，不上李陵台。风助群鹰击 [5]，云随万马来。关前无数柳 [6]，一夜落龙堆 [7]。

1．"云州"，即今山西大同。圣祖康熙七年（1668），屈大均携妻出雁门至大同。诗写望中所见，景中寓情，且以人比人。　2．"黄羊"，亦称蒙古羚，出西北塞外，无角，色如獐鹿。　3．"觱篥"，音 bìlì，乐器名，状类胡笳，声甚悲。　4．"遥寻"二句：远寻苏武庙，敬苏忠于祖国；不上李陵台，恶李失节降敌。　5．"击"，搏击。　6．"关"，指长城关隘。　7．"龙堆"，白龙堆，即天山南路的沙漠地带。这里泛指塞外辽远地区。

大同感叹 [1]

　　杀气满天地，日月难为光。嗟尔苦寒子，结发在战场 [2]。为谁饥与渴 [3]，葛履践严霜 [4]？朝辞大同城，暮宿青磷傍 [5]。花门多暴虐 [6]，人命如牛羊。膏血溢槽中，马饮毛生光。鞍上一红颜，琵琶声惨伤。"肌肉苦无多 [7]，何以充君粮？"踟蹰赴刀俎，自惜凝脂香 [8]。

1. 诗写大同人民的残酷遭遇。男被迫走向战场，女在受辱后被吃掉。作期当在康熙七年（1668）。　2. "结发"，束发，即刚刚成人。　3. "为谁"二句：是说因被迫而受饥寒，自己并无目的。　4. "葛履"，用葛编的草鞋。"践严霜"，《诗经·葛屦》有"纠纠葛屦，可以履霜"。屈诗本此。　5. "宿青磷傍"，住在荒凉可怕、鬼火出没的地方。　6. "花门"，回纥的别名。这里疑指清兵。　7. "肌肉"二句："红颜"乞命语。　8. "自惜"句：是说美人被宰割，竟无人动心。"凝脂"，形容肌肤白腻。

夏完淳

　　夏完淳（1631—1647），字存古，华亭（今上海市松江区）人。其父夏允彝是学者，是良吏，也是在抗清中献出生命的志士。他五岁知五经，九岁善诗文，十五岁参加抗清的军事斗争，十七岁殉国。他的作品中虽也有拟古的，但斗争生活使明亡后的许多篇章反映出慷慨悲壮的时代气息。语言华美，情调、手法时带浪漫色彩，是他的诗的特点。他的词也有佳作。有《夏完淳集》。

长　歌[1]

　　我欲登天云盘盘[2]，我欲御风无羽翰，我欲陟山泥洹洹[3]，我欲涉江忧天寒。琼弁玉蕤珊珊[4]，蕙桡桂棹凌回澜[5]；泽中何有多红兰[6]，天风日暮徒盘桓。芳草盈箧怀所欢，美人何在青云端。衣玄绡衣冠玉冠，明珰垂絓乘六鸾[7]。欲往从之道路难，相思双泪流轻纨。佳肴旨酒不能餐[8]，瑶琴一曲风中弹。风急弦绝摧心肝，月明星稀斗阑干[9]。

1. "长歌"，即"长歌行"，乐府平调曲名。诗用比兴手法，表现作者对崇高理想的追求和求之不得的深悲，约作于清世祖顺治二年（1645）吴志葵抗清失败后。　2. "我欲"四句：用汉张衡《四愁诗》体，陈述追求理想的困难。"盘盘"，形容云的回旋曲折。　3. "洹洹"，音 huánhuán，形容泥多。　4. "琼弁"二句：是说虽然天寒，仍然盛服乘舟前往。"弁"，音 biàn，帽。"蕤"，指披散下垂的帽缨。"珊珊"，佩声。　5. "蕙桡桂棹"，极言舟楫的美好。　6. "红兰"，兰草，生水旁下湿地，开花红白色（参看《植物名实图考长编》卷十一"兰草"条）。江淹《别赋》有"见红兰之受露"。　7. "珰"，珠做的耳环。"絓"，音 guà，同"挂"，悬。　8."旨酒"，美酒。　9."斗阑干"，北斗横斜。

即 事[1]

　　复楚情何极[2]，亡秦气未平。雄风清角劲[3]，落日大旗明。缟素酬家国[4]，戈船决死生[5]！胡笳千古恨，一片月临城。

1.诗约作于顺治三年（1646），时夏完淳在吴易抗清军中任参谋。　2."复楚"，暗用楚南公"楚虽三户，亡秦必楚也"语意。　3."清角劲"，角声清切远扬。　4."缟素"，指孝服。"酬家国"，夏允彝于顺治二年，兵败投水死，故言酬家国。　5."戈船"，指水师。吴军活动于太湖及湖滨地区。

绝 句[1]（四首选一）

　　扁舟明月两峰间[2]，千顷芦花人未还[3]；缥缈苍茫不可接[4]，白云空翠洞庭山[5]。

1.顺治三年（1646），吴易兵败，退守嘉善的西塘。在败退时，夏完淳与大部队失掉联系，只身奔逃，隐匿民间。组诗以他的流离生活与感慨为内容。这首诗是写他由胥口入太湖，作期当在这年秋天。　2."两峰"，疑是胥山和香山（参看《太湖备考》卷五）。　3.“人”，即首章中的美人，疑皆指兵败时失散的战友。　4.“缥缈”二句：在写湖山景色中流露沉重的心情。“缥缈”，缥缈峰，太湖洞庭西山的最高峰（参看《太湖备考》卷五）。　5.“空翠”，指山林的烟霭。

别云间[1]

　　三年羁旅客[2]，今日又南冠[3]。无限河山泪，谁言天地宽！已知泉路近，欲别故乡难。毅魄归来日[4]，灵旗空际看[5]。

1.“云间”，古华亭（今上海市松江区）、松江府的别称，是作者家乡。顺治四年（1647），他在这里被逮捕。在对故乡的依恋外，诗着重地写他抗清失败的悲愤与至死不变的决心。　2.“三年”句：作者自顺治二年（1645）起参加抗清斗争，出入于太湖及其周围地区，至顺治四年（1647），共三年。　3.“南冠”，用春秋时楚国人钟仪的故事。　4.“毅魄”二句：是说死后仍将抗清。　5.“灵旗”，参见屈大均《于忠肃墓》注5。这里指抗清的旗帜。

细林夜哭[1]

　　细林山上夜乌啼，细林山下秋草齐；有客扁舟不系缆，乘风直下松江西[2]。却忆当年细林客，孟公四海文章伯[3]；昔日曾来访白云，落叶满山寻不得。始知孟公湖海人[4]，荒台古月水粼瀺[5]。相逢对哭天下事，酒酣睥睨意气亲[6]。去岁平陵鼓声死[7]，与公同渡吴江水。今年梦断九峰云[8]，旌旗犹映暮山紫[9]。潇洒秦庭泪已挥[10]，仿佛聊城矢更飞[11]。黄鹄欲举六翮折[12]，茫茫四海将安归[13]。天地踟蹰日月促[14]，气如长虹葬鱼腹。肠断当年国士恩[15]，剪纸招魂为公哭[16]。烈皇乘云御六龙[17]，攀髯控驭先文忠[18]；君臣地下会相见，泪洒阊阖生悲风[19]。我欲归来振羽翼，谁知一举入罗弋[20]；家世堪怜赵氏孤[21]，到今竟作田横客[22]。呜呼！抚膺一声江云开，身在罗网且莫哀。公乎！公乎！为我筑室傍夜台[23]，霜寒月苦行当来[24]。

1. "细林"，山名，在今上海市青浦区南二十里。清兵至江南，陈子龙避居泖滨，往来于细林、佘山间。顺治四年（1647），陈以抗清事败殉国，不久，作者也被逮。在押赴南京时，他的船经过细林，因以诗致哀。　2. "松江"，吴淞江。　3. "孟公"，陈子龙晚号于陵孟公。"文章伯"，如言文坛领袖。　4. "湖海人"，意气豪迈的人。《三国志·魏志·陈登传》有"陈元龙湖海之士，豪气不除"。　5. "瀺瀺"，形容水的清澈。　6. "睥睨"，形容斜视，有目空一切意。　7. "去岁"句：指顺治三年（1646）吴易兵败事。"平陵"，疑用汉乐府《平陵东》故事，西汉末翟义起兵反抗王莽，兵败而死。"鼓声死"，鼓以进军，鼓声绝即战败。　8. "今年"句：自此以下四句，似写梦境。但意变而韵未全变。"九峰"，在今松江，即细林山、佘山、陆宝山等九山。　9. "旌旗"：梦中所见陈子龙的军旗。"暮山紫"，唐王勃《滕王阁序》有"烟光凝而暮山紫"。　10. "秦庭泪"，春秋时吴破楚，申包胥入秦乞师，依墙哭七日。这里不详所指，疑与朱之瑜乞师日本有关。　11. "聊城矢"，战国时燕攻齐，齐城几尽降。田单破燕复齐，唯聊城久不下。鲁仲连附书箭上射入城中，晓喻燕将，燕将果弃城去（参看《战国策·齐策》）。这里指收复已陷城邑。　12."黄鹄"，传说中的大鸟，能一举千里。　13."茫茫"句：吴易兵败，越闽失守后，陈子龙曾慨叹，"茫茫天地将安之乎！"（参看《陈忠裕公全集》附《年谱》）　14."天地"二句：叙陈投水自杀。"天地蹐蹐"，极言环境恶劣。"蹐蹐"，音 jújí。《诗经·小雅·正月》："谓天盖高，不敢不局；谓地盖厚，不敢不蹐。""局"，同"跼"，伛偻；"蹐"，小步。　15."国士恩"，指陈子龙对他的重视。"国士"，为一国所敬仰的人。春秋末，豫让为智伯刺赵襄子，说："智伯国士遇我，我故国士报之。"（参看《史记·刺客列传·豫让传》）　16."剪纸招魂"，杜甫《彭衙行》有"剪纸招我魂"。　17."烈皇"，朱由检谥庄烈愍皇帝。"乘云御六龙"，用黄帝乘龙升天的故事（参看《史记·封禅书》）与《易·乾卦》象辞的"时乘六龙以御天"。　18."攀髯"，黄帝乘龙上升，小臣不得上，皆攀持龙髯（参看《史记·封禅书》）。"先文忠"，指夏允彝。　19."阊阖"，天门。　20."入罗弋"，指被捕。"罗弋"，捕鸟用具。　21."赵氏孤"，春秋时，晋屠岸贾枉杀赵盾全家，程婴、公孙杵臼救抚孤儿赵武成人（参看《史记·赵世家》）。这里以赵孤自比，以婴臼比陈。　22."田横客"，田横，秦末人，后自立为齐王。汉高祖即位，横率客五百人逃亡入海。高祖招降，横与客先后自杀（参看《史记·田儋列传》）。这里以田横比陈，以客自比。　23."室""夜台"，皆指墓穴。《诗经·国风·唐风·葛生》有"百岁之后，归于其室"。李白《哭宣城善酿纪叟》有"夜台无晓日"。　24."行当"，将。

卜算子·断肠 [1]

秋色到空闺，夜扫梧桐叶。谁料同心结不成，翻就相思结[2]。　　十二玉阑干，风动灯明灭。立尽黄昏泪几行，一片鸦啼月。

1. 托于闺怨，抒写复国失败的痛苦。　　2. "就"，成。

烛影摇红·寓怨[1]

孤负天工[2]，九重自有春如海。佳期一梦断人肠[3]，静倚银釭待[4]。隔浦红兰堪采[5]，上扁舟、伤心欸乃[6]。梨花带雨，柳絮迎风，一番愁债。　　回首当年，绮楼画阁生光彩；朝弹瑶瑟夜银筝，歌舞人潇洒。一自市朝更改[7]，暗销魂、繁华难再。金钗十二[8]，珠履三千[9]，凄凉千载。

1. "怨"是国破家亡的哀怨。先就国言，托于失意宫人；后就家言，托于落魄王孙。　　2. "孤负"二句：是说宫中生活本是美满的，失意是人负天，不是天负人。不怨天而自怨，是反说，正见怨之深。"天工"，天公。　　3. "一梦"，不能实现，宛如一梦。　　4. "静倚"句：意思是明知已落空，但仍期待。　　5. "隔浦"，如言对岸。　　6. "欸乃"，音 ǎinǎi，即《欸乃曲》；本是橹声，后演为船夫歌曲。　　7. "市朝更改"，指明亡。　　8. "金钗十二"，言美人众多。　　9. "珠履三千"，门客众多而豪华。《史记·春申君列传》："春申君客三千余人，其上客皆蹑珠履（以珠饰履）以见赵使。"

失 名

凤阳花鼓[1]

　　说凤阳，说凤阳，凤阳本是好地方。自从出了朱皇帝[2]，十年倒有九年荒。大户人家卖骡马，小户人家卖儿郎；奴家没有儿郎卖，身背花鼓走四方。

1.“凤阳”，今安徽凤阳。　2.“出了朱皇帝”，明太祖朱元璋是凤阳人。

挂枝儿·荷珠[1]

　　露水荷叶珠儿现[2]，是奴家痴心肠把线来穿。谁知你水性儿多更变：这边分散了[3]，又向那边圆[4]。没真性的冤家也[5]，随着风儿转。

1.“荷珠”，荷叶上的水珠。曲借它抒写妇女埋怨情侣不忠实的心情。语多双关。　2.“现”，出现。　3.“分散”，喻分离。　4.“圆”，喻团圆。　5.“真性”，真挚的性情。

挂枝儿·山人 [1]

问山人，并不在山中住，止无过老着脸，写几句歪诗 [2]，带方巾 [3]，称治民 [4]，到处去投刺 [5]。京中某老先 [6]，近有书到治民处；乡中某老先，他与治民最相知；临别有舍亲一事干求也 [7]，只说为公道，没银子 [8]。

1. "山人"，本指隐居山林的隐士，明中叶以后多是统治阶级的帮闲、帮凶。曲对他们的丑恶行径，作生动的描绘与尖锐的讽刺。　2. "歪诗"，劣诗。　3. "方巾"，明代文人戴的一种帽。　4. "治民"，当时士大夫对本管地方官的谦称。　5. "投刺"，拜访人时投递名片。　6. "老先"，如言老先生。原是明代宦官对高级官吏的称呼，后来普遍通用。　7. "干求"，请求。"也"是曲词中的衬字，不是语助词。　8. "没银子"，不涉及金钱。

劈破玉·分离

要分离，除非天做了地；要分离，除非东做了西；要分离，除非是官做了吏 [1]。你要分时分不得我，我要离时离不得你；就死在黄泉也，做不得分离鬼！

1. "吏"，官的下属。

山歌·打要[1]

　　乞娘打子满身青[2]，寄信教郎莫吃惊；我是银匠铺首饰由渠打[3]，只打得我身时弗打得我心！

1.“打要”，即挨打也要这样。　2.“乞”，给，被。“子”，了，吴语的语助词。　3.“渠”，他。

山歌·有心

　　郎有心，姐有心，啰怕人多屋又深[1]。人多那有千只眼，屋多那有万重门。

1.“啰怕”，哪怕。“啰”，吴地方言。

驻云飞

　　富贵荣华，奴奴身躯错配他[1]。“有色金银价”[2]，惹的旁人骂。嗟[3]，红粉牡丹花[4]，绿叶青枝又被严霜打。便做尼僧不嫁他[5]！

1.“奴奴”，如言奴家。　2.“有色”句：旁人笑骂的话，是说美貌和金银是具有同样价值的。　3."嗏"，音 chā，这个曲调的定格中必须有的正文以外的字。　4."红粉"二句：意思是，年轻貌美，却因婚姻错配，极为痛苦。　5."尼僧"，尼姑。

贾推官谣 [1]

知府一堆泥，同知一凷土 [2]；若非贾推官，坏了建昌府。

1.贾推官是明建昌推官贾访。明孝宗弘治时（1488—1504），宦官专横，州郡官吏多被凌辱，不敢反抗；贾访独不畏淫威，按礼行事。歌谣为此而作。　2."同知"，佐助知府的官。"凷"，"块"的本字，土块。

京师人为严嵩语

可笑严介溪 [1]，金银如山积，刀锯信手施 [2]。尝将冷眼观螃蟹，看你横行得几时。

1."介溪"，严嵩的号。　2."刀锯"句：随便杀人。

清　代

吴伟业

吴伟业（1609—1672），字骏公，号梅村，太仓（今江苏太仓）人。明思宗崇祯四年（1631）进士，任翰林编修、南京国子监司业诸职。在崇祯党争中，他属复社；因抗击以温体仁为首的客魏余孽，几遭陷害。福王时，以与马士英等不合，虽为少詹事，旋即去官。明亡，因身家念重，屈节事清，为国子监祭酒，未久辞归。

吴伟业是明清间著名诗人。诗取法盛唐诸大家及"元白"。由于身世关系，诗在反映时事上，不免有所隐讳。诗以七言著称，风格清丽流畅，沉郁苍凉。有《梅村家藏稿》。

董山儿 [1]

董山儿，儿生不识乱与离。父言急去牵儿衣 [2]，母言乞火为儿炊作糜。父母忽不见[3]，但见长风白浪高崔嵬。将军下一令[4]，军中那得闻儿啼。楼船何高高[5]，沙岸多崩摧；榜人不能移[6]，举手推堕之。上有蒲与萑[7]，下有泞与泥[8]，十步九倒迷东西。身无袴襦，足穿蒺藜，叩头指口惟言饥。将船送儿去[9]，问以乡里记忆还依稀。父兮母兮哭相认，声音虽是形骸非。傍有一老翁[10]，羡儿独来归："不知我儿何处喂游鱼，或经略卖遭鞭笞[11]。"垂头涕下何累累[12]。吾欲竟此曲，此曲哀且悲。茫茫海内风尘飞[13]，一身不自保，生儿欲何为？君不见，董山儿。

1."董山"，即赤董山，在今浙江绍兴东南。清世祖顺治二年（1645），清兵入浙，大肆劫掠。诗从董山村儿的遭遇，控诉清兵给人民造成家人离散的灾难，当即此时作。　2."父言"二句：写在准备逃难中，儿父母的惊慌和对儿的怜爱。　3."忽不见"，儿与父母相失。　4."将军"六句：是说儿被清水军掳去，后因行船艰难，被推堕水滨。　5."楼船"，高大的战船。　6."榜人"，船夫。　7."萑"，音 huán，苇子。　8."泞"，亦泥。　9."将船"四句：儿被送回家，与父母相见。　10."傍有"四句：老翁的痛语，说明当时被掳掠的儿童颇多，能回来的是少数。　11."略"，劫夺。　12."累累"，形容泪下不断。　13."风尘飞"，言战乱剧烈。

圆圆曲[1]

鼎湖当日弃人间[2]，破敌收京下玉关[3]；恸哭六军俱缟素[4]，冲冠一怒为红颜。

红颜流落非吾恋[5]，逆贼天亡自荒宴[6]；电扫黄巾定黑山[7]，哭罢君亲再相见[8]。

相见初经田窦家[9]，侯门歌舞出如花；许将戚里箜篌伎[10]，等取将军油壁车[11]。家本姑苏浣花里[12]，圆圆小字娇罗绮；梦向夫差苑里游[13]，宫娥拥入君王起；前身合是采莲人[14]，门前一片横塘水[15]。横塘双桨去如飞，何处豪家强载归[16]；此际岂知非薄命[17]，此时只有泪沾衣。薰天意气连宫掖[18]，明眸皓齿无人惜；夺归永巷闭良家[19]，教就新声倾坐客。坐客飞觞红日暮，一曲哀弦向谁诉；白皙通侯最少年[20]，拣取花枝屡回顾[21]。早携娇鸟出樊笼[22]，待得银河几时渡[23]；恨杀军书底死催，苦留后约将人误。相约恩深相见难[24]，一朝蚁贼满长安[25]；可怜思妇楼头柳[26]，认作天边粉絮看[27]；遍索绿珠围内第[28]，强呼绛树出雕栏[29]。若非将士全师胜，争得蛾眉匹马还。

蛾眉马上传呼进[30]，云鬟不整惊魂定；蜡烛迎来在战场，啼妆满面残红印。专征箫鼓向秦川[31]，金牛道上车千乘[32]；斜谷云深起画楼[33]，散关月落开妆镜[34]。

传来消息满江乡[35]，乌柏红经十度霜[36]；教曲妓师怜尚在，浣纱女伴忆同行。旧巢共是衔泥燕[37]，飞上枝头变凤凰[38]；长向尊前悲老大，有人夫婿擅侯王。

当时只受声名累[39]，贵戚名豪竞延致；一斛明珠万斛愁[40]，关山漂泊腰肢细；错怨狂风飐落花，无边春色来天地。

尝闻倾国与倾城[41]，翻使周郎受重名[42]；妻子岂应关大计，英雄无奈是多情；全家白骨成灰土[43]，一代红妆照汗青。

君不见[44]，馆娃初起鸳鸯宿[45]，越女如花看不足；香径尘生鸟自啼[46]，屧廊人去苔空绿[47]。换羽移宫万里愁[48]，珠歌翠舞古梁州[49]。为君别唱吴宫曲[50]，汉水东南日夜流[51]。

1．"圆圆"，即陈圆圆，明末苏州名妓，后归吴三桂。诗的思想意义在于谴责吴三桂背叛明王朝，甘为清统治者效劳的罪行；但对农民义军的仇视则应受批判。作期在顺治七年（1650）前后。　2．这段概括地评述吴、陈故事，指出吴降清本为陈被夺，但自命为给君亲复仇。"鼎湖"句：用黄帝成仙故事点出明思宗的死。"鼎湖"，相传黄帝铸鼎荆山，鼎成，黄帝乘龙而去，后世因称此处为鼎湖（参看《史记·封禅书》）。　3．"收京"，吴三桂降清后，引清兵至北京，李自成率义军返陕。"下玉关"，顺治二年（1645），清兵破潼关，入西安。"玉关"，玉门关，在甘肃敦煌西。这里借指西北。　4．"恸哭"句：哀悼思宗。"缟素"，丧服。　5．"红颜"四句：吴三桂为自己的罪行解辩。"吾"，吴自称。　6．"逆贼"，对义军的诬蔑语。　7．"黄巾"，汉末张角所领导的农民义军，以黄巾为标志，人称为黄巾。"黑山"，汉末张燕领导的农民义军，活动于常山一带，号黑山。　8．"君亲"，指明思宗与三桂父吴襄。义军令吴襄招降三桂，三桂拒降，襄为义军所杀。　9．这段叙述圆圆归三桂的经过。"相见"四句：经过的简述。"田、窦"，武安侯田蚡，魏其侯窦婴，均为西汉外戚。这里借指思宗周后的父亲嘉定伯周奎。　10．"戚里"，帝王的姻亲所居的地方。"箜篌"，乐器名，体长而曲，二十三弦。　11．"油壁车"，用油涂饰车壁的车子。　12．"浣花里"，不详。疑借用唐名妓薛涛所居的浣花溪。　13．"夫差苑"，春秋吴王夫差的宫苑。吴都苏州，故云。　14．"采莲人"，西施。苏州有采莲泾。　15．"横塘"，在苏州西南。　16．"何处"句：《觚賸》"圆圆"条说，周奎以营葬返苏，出重金买得圆圆，并携她到北京（陆次云《圆圆传》说是外戚田畹）。事疑在崇祯十五年（1642）（参看《影梅庵忆语》）。 17."此际"二句：伤"薄命"、"泪沾衣"，都非泛写；圆圆思嫁冒襄，故不愿入京。 18."薰天"二句：周奎送圆圆入宫，思宗不纳。 19."夺归"二句：圆圆出宫，仍为周奎家妓。"永巷"，宫中长巷，也指后宫。 20."通侯"，爵名，指吴三桂。吴颇受思宗信任，曾召对平台，赐蟒、玉，受命守山海关，继封平西伯。 21."拣取"句：吴在周奎筵上，为圆圆声容所动。 22."早携"二句：吴向周索得圆圆，因军事紧急，不及娶而去。周送圆圆于吴襄家。 23."银河"，用牛郎、织女故事，以渡银河喻婚娶。 24.这段叙圆圆为义军将领刘宗敏所得。 25."一朝"句：义军占领北京。"蚁贼"，对义军的诬蔑语。 26."思妇楼头柳"，圆圆已为吴聘妾。用王昌龄《闺怨》诗意。 27."天边粉絮"，比喻未从良的妓女。 28."绿珠"，晋石崇的爱妾。 29."绛树"，汉末著名舞妓。30.这段叙述圆圆复归三桂，并随他至汉中。"蛾眉"四句：吴三桂追李自成至山西，尚不知圆圆存亡。部将于都城访得，立即飞骑传送。吴结彩楼，列旌旗，箫鼓三十里，亲往迎接。"传呼"，喝道。 31."专征"，军事上独当一面。"秦川"，今陕西一带。 32."金牛道"，川陕栈道之一，由陕西勉县至四川剑阁。 33."斜谷"，在陕西眉县西南，褒斜谷的东口。 34."散关"，即大散关，在今陕西宝鸡西南大散岭上，通褒斜。 35.这段用旧时女伴的艳羡，衬托圆圆的荣贵。 36."乌柏"，树名。"十度霜"，十年。由崇祯十五年（1642）至顺治七年（1650）前后近十年。 37."衔泥燕"，比喻地位低微的人。 38."变凤凰"，由贱变贵。宋王微与王僧绰书说："吾得当此（指隐居），则鸡鹜变凤凰。"（《宋书·王微传》） 39.这段说圆圆数经波折，荣贵实出意外。 40."一斛"句：意思是，今日的恩宠引起过去的哀愁。唐玄宗思念梅妃，适外国贡珠，他命封一斛给她（参看《梅妃传》）。 41.这段讽吴为女色而破家叛国。"尝闻"二句：是说圆圆虽为绝色，但未累及三桂，倒使他得到大名。 42."周郎"，周瑜，周妻小乔有美名，故借用。 43."全家"句：李自成因败于一片石，怒杀吴襄全家。 44.这段借吊古以讽今，暗示吴最后必失败。 45."馆娃"，西施至吴，夫差为筑馆娃宫于灵岩山。　46.“香径”，即采香径。　47.“屧廊”，即响屧廊。　48.“换羽”二句：国破家亡民不聊生的时候，吴三桂独骄奢纵恣，沉酣声色。　49.“古梁州”，包括今陕西汉中与四川。《尚书·禹贡》有“华阳黑水惟梁州”。吴三桂于顺治五年（1648）移驻汉中。　50.“吴宫曲”，咏叹吴宫盛衰的歌曲。　51.“汉水”句：汉中临汉水，故用以比喻功名富贵难常。李白《江上吟》有“功名富贵若长在，汉水亦应西北流”，吴诗本此。

过淮阴有感 [1]（二首选一）

　　登高怅望八公山 [2]，琪树丹崖未可攀 [3]。莫想阴符遇黄石 [4]，好将《鸿宝》驻朱颜 [5]。浮生所欠止一死 [6]，尘世无繇识九还 [7]。我本淮王旧鸡犬 [8]，不随仙去落人间。

1.“淮阴”，今江苏淮安。诗写作者降清出仕的矛盾心情。作于顺治十年（1653）入京途中。　2.“八公山”，在安徽淮南西。相传汉淮南王刘安遇八公于此，故名。　3.“琪树丹崖”，指山中胜地。“琪树”，玉树。“丹崖”，崖石赤如丹砂。　4.“莫想”句：反用张良遇黄石公，得《太公兵法》助汉灭秦的故事（参看《史记·留侯世家》），表示再无希望抗清复明。“阴符”，太公兵书。　5.“好将”句：借刘安学仙的故事，表示有意求长生。《鸿宝》，书名。《汉书·刘向传》说：淮南王有《枕中鸿宝苑秘书》，“言神仙使鬼物为金之术”。“驻朱颜”，使颜色不老。　6.“浮生”二句：写理应死而不能死，求长生也是妄想的矛盾心情。　7.“繇”，同“由”。“九还”，九还丹，道教所炼丹药中最珍贵的。“还”，还原。丹砂烧成水银，数变又成丹砂。　8.“我本”二句：自叹贪生怕死，不能殉国。《神仙传》说：“淮南王好道，白日升天；时药置庭中，鸡犬舐之，尽得升天。”

楚两生行 [1] · 并序

　　蔡州苏崑生 [2]，维扬柳敬亭 [3]，其地皆楚分也 [4]，而又客于楚。左宁南驻武昌 [5]，柳以谈，苏以歌，为幸舍重客 [6]。宁南没于九江舟中 [7]，百万众皆奔溃。柳已先期东下，苏生痛哭削发入九华山 [8]。久之，出从武林汪然明 [9]。然明亡，之吴中 [10]。吴中以善歌名海内，然不过啴缓柔曼为新声 [11]。苏生则于阴阳抗坠 [12]，分刌比度 [13]，如昆刀之切玉 [14]，叩之栗然 [15]，非时世所为工也。尝遇虎丘广场大集 [16]，生睨其旁，笑曰：“某郎以某字不合律。”有识之者曰：“彼伧楚乃窃言是非 [17]。”思有以挫之，间请一发声 [18]，不觉屈服。顾少年耳剽日久 [19]，终不肯轻自贬下，就苏生问所长。生亦落落难合 [20]，到海滨，寓吾里萧寺 [21]。风雪中，以余与柳生有雅故 [22]，为立小传 [23]，援之以请曰：“吾浪迹三十年，为通侯所知 [24]，今失路憔悴而来过此，惟愿公一言，与柳生并传足矣。”柳生近客于云间帅 [25]，识其必败，苦无以自脱，浮湛敖弄 [26]，在军政一无所关，其祸也幸以免 [27]。苏生将渡江，余作《楚两生行》送之；以之寓柳生 [28]，俾知余与苏生游，且为柳生危之也 [29]。

黄鹄矶头楚两生[30]，征南上客擅纵横[31]；将军已没时世换，绝调空随流水声[32]。一生拄颊高谈妙[33]，君卿唇舌淳于笑[34]，痛哭长因感旧恩，诙嘲尚足陪年少。途穷重走伏波军[35]，短衣缚袴非吾好[36]；抵掌聊分幕府金[37]，褰裳自把江村钓。一生嚼徵与含商[38]，笑杀江南古调亡，洗出元音倾老辈[39]，叠成妍唱待君王[40]。一丝萦曳珠盘转[41]，半菽分明玉尺量[42]；最是大堤西去曲[43]，累人肠断杜当阳[44]。忆昔将军正全盛，江楼高会夸名胜，生来索酒便长歌，中天明月军声静，将军听罢据胡床[45]，抚髀百战今衰病[46]。一朝身死竖降幡[47]，貔貅散尽无横阵[48]；祁连高冢泣西风[49]，射堂宾客嗟蓬鬓[50]。羁栖孤馆伴斜曛，野哭天边几处闻。草满独寻江令宅[51]，花开闲吊杜秋坟[52]。鹍弦屡换尊前舞[53]，鼍鼓谁开江上军[54]；楚客祗怜归未得[55]，吴儿肯道不如君[56]。我念邗江头白叟[57]，滑稽幸免君知否？失路徒贻妻子忧[58]，脱身莫落诸侯手[59]。坎壈飙来为盛名[60]，见君寥落思君友[61]。老去年来消息稀，寄尔新诗同一首。隐语藏名代客嘲[62]，姑苏台畔东风柳[63]。

1.诗作于清圣祖康熙初年，对杰出艺人的流落不偶，表示深厚同情。　2."蔡州苏崑生"，苏崑生，河南固始人，善歌。固始旧属蔡州。　3."维扬柳敬亭"，柳敬亭，泰州人，善说书。"维扬"，即扬州。泰州旧属扬州府。　4."楚分"，楚国界内。春秋战国时，蔡扬皆属楚国。"分"，疆界。　5."左宁南"，左良玉。良玉，崇祯十六年（1643）在武昌立军府，十七年（1644）封宁南伯。　6."幸舍"，中等门客所住的房舍（参看《史记·孟尝君列传》注）。　7."宁南"句：顺治二年（1645）三月事。 8.“九华山”，在今安徽青阳南。 9.“汪然明”，名汝谦，安徽歙（音 shè）县人，后居杭州，通金石、音律。 10.“吴中”，苏州。 11.“啴缓柔曼”，纡徐舒缓，轻柔曼长。“啴”，音 chǎn。 12.“阴阳”，刚柔。“抗坠”，高低。 13.“分刌比度”，细至分寸亦必较量。“刌”，通“寸”。 14.“如昆”二句：极言所唱音调的准确。《吴越春秋·夫差内传》：“锟鋙山出金，作刀可切玉。” 15.“栗然”，形容刀切得利落整齐。“栗”，裂，析。 16.“虎丘”，山名，在苏州。 17.“伧楚”，粗野。《齐书·王融传》：“招集江西伧楚数百人，并有干用。”“伧”，音 cāng。 18.“间”，不多久。 19.“耳剽”，如言口耳之学。“剽”，劫，窃。 20.“落落难合”，不与人苟合。 21.“萧寺”，佛寺。 22.“有雅故”，是旧交。 23.“小传”，《柳敬亭传》。 24.“通侯”，指左良玉。 25.“云间帅”，指松江提督马逢知。逢知为人贪暴酷虐，后以事被杀。 26.“浮湛”，不自异于人。“湛”，同“沉”。“敖弄”，狂傲戏弄。 27.“幸以免”，幸而免。 28.“寓”，寄。 29.“危之”，担心他的处境危险。 30.“黄鹄矶”，在武昌黄鹄山下。 31.“征南”，晋羊祜拜征南将军。这里以羊比左。 32.“绝调”句：苏柳绝艺无人赏识。 33.“一生”，柳敬亭。“拄颊”，以手托腮。 34.“君卿”，汉楼护字君卿，曾为王氏五侯上客，时人称“君卿唇舌”（参看《汉书·楼护传》）。“淳于”，战国齐人淳于髡，滑稽多辩，曾因使赵事，仰天大笑，冠缨尽断（参看《史记·滑稽列传·淳于髡传》）。 35.“伏波”，汉马援封伏波将军，这里借指马逢知。 36.“短衣缚袴”，便于动作的、军服一类的短窄衣裤。这里借指军中生活。 37.“抵掌”，以说书时的姿态代说书。 38.“一生”，指苏崑生。“嚼徵含商”，工唱曲。“徵”（音 zhǐ）、“商”，均为五音之一。 39.“洗出元音”，从花腔杂调中清理出自然纯正的声音。“倾老辈”，赢得前辈倾服。 40.“叠成”句：是说苏崑生提炼积累而得的妙曲绝唱，可以供奉宫廷。 41.“一丝”，比喻歌声幽细摇曳。“珠盘转”，比喻歌声婉转圆润。 42.“半黍”句：《世说新语·述解》说，荀勖正雅乐，阮咸以为不尽和谐。后荀勖以周代玉尺（量音的标准尺）校正乐器，皆短一黍，始叹服。诗反用荀事，说苏发音准确，如用玉尺衡量，半黍不差。 43.“最是”句：用《大堤曲》指马士英等筑坂矶城防左兵东下事。“大堤西去曲”，梁简文帝有《大堤曲》，见《古今乐录》。“大堤”，在今湖北宜城。 44.“杜当阳”，晋杜预以平吴功封当阳侯。这里借指左良玉。 45.“胡床”，交椅，似今马架。 46.“抚髀”，刘备居荆州数年，见髀里生肉，自伤岁月易逝，功业未立，因感慨流涕（参看《三国志·蜀志·先主传》）。“髀”，音 bì，股中大骨。 47.“一朝”二句：顺治二年，左良玉以讨马士英等为名，自武昌引兵东下，至九江病死，子梦庚率众降清（参看《明史·左良玉传》）。 48.“貔貅”，音 píxiū，猛兽名，用以比喻勇猛的军队。 49.“祁连”二句：叙左良玉死后的凄凉。“祁连”，山名。汉霍去病卒，为高冢像祁连山。这里借指左墓。 50.“射堂”，习射的厅堂；因在军中，所以也是宾客聚会的地方。“蓬鬓”，用鬓发零乱，表示宾客的落魄。 51.“草满”句：凭吊豪家的遗宅。“江令宅”，陈尚书令江总的住宅，在南京。 52.“花开”句：哀悼已亡的艺人。“杜秋坟”，唐杜秋娘墓。秋娘善歌，为镇海节度使李锜妾，李败，籍入宫，后赐归金陵。 53.“鹍弦”二句：意思是，当时达官将帅，只知留连歌舞，无人起兵谋恢复。“鹍弦”，相传古琵琶用鹍鸡筋作弦。 54.“鼍鼓”，鼍皮鼓，指军中战鼓。“鼍”，音 tuó。 55.“楚客”二句：写苏的困难处境。 56.“肯道不如君”，对苏不尊重。 57.“邗江头白叟”，柳敬亭。“邗江”，今江苏扬州市邗江区，旧时为扬州别称。 58.“失路”，走投无路。 59.“脱身”句：希望柳敬亭不再为马逢知一类人所羁留。 60.“坎壈”，穷困失意。 61.“寥落”，空虚寂寞。 62.“代客嘲”，苏、柳落魄久为人所嘲笑，吴却用隐语预祝他们否极泰来，得贤主人。“客嘲”，扬雄以淡泊自守，为人所嘲笑。 63.“姑苏”句：句中藏一“苏”字、一“柳”字。“东风柳”，柳自冬而春，比喻人的处境由逆而顺。

过吴江有感 [1]

落日松陵道 [2]，堤长欲抱城 [3]。塔盘湖势动 [4]，桥引月痕生 [5]。市静人逃赋 [6]，江宽客避兵。廿年交旧散 [7]，把酒叹浮名 [8]。

1."吴江"，今江苏苏州市吴江区。诗反映吴江在赋税、战乱摧残下的萧条景象与统治者对明遗民的迫害；作期约在康熙二年（1663）或稍后。　2."松陵"，吴江原为吴县的松陵镇。　3."堤长"，长堤在吴江东，宋庆历二年筑，以御松江风涛。明万历时重筑，长八十里。　4."塔盘"句：是说在湖边各地都可见塔，好像塔围绕着湖势移动。"塔"，在吴江东门外宁境华严讲寺。　5."桥"，吴江长桥。　6."人逃赋"，人因赋重而逃亡。　7."廿年"句：指惊隐诗社事。诗社是顺治七年（1650），吴江遗民组织的，他处也有人来参加。康熙二年，《明史》案起，社中人被株连，社遂停止。　8."把酒"句：不敢直斥清廷，托言浮名累人。

施闰章

施闰章（1618—1683），字尚白，宣城（今安徽宣城）人。清世祖顺治六年（1649）进士，官江西布政司参议，分守湖西道；后以举博学鸿词，授翰林院侍讲，迁侍读。诗多反映民间生活，风格古朴浑厚。有《愚山先生学余集》。

浮萍兔丝篇[1]

李将军言[2]：部曲尝掠人妻，既数年，携之南征，值其故夫，一见恸绝；问其夫已纳新妇，则兵之故妻也。四人皆大哭，各反其妻而去。予为作《浮萍兔丝篇》。

浮萍寄洪波，飘飘东复西，兔丝冒乔柯[3]，袅袅复离披[4]。兔丝断有日，浮萍合有时；浮萍语兔丝，离合安可知！健儿东南征，马上倾城姿；轻罗作障面[5]，顾盼生光仪。故夫从旁窥，拭目惊且疑；长跪问健儿：“毋乃贱子妻[6]？贱子分已断，买妇商山陲[7]；但愿一相见，永诀从此辞。”相见肝肠绝，健儿心乍悲，自言“亦有妇，商山生别离，我戍十余载，不知从阿谁？尔妇既我乡，便可会路歧”。宁知商山妇，复向健儿啼：“本执君箕帚[8]，弃我忽如遗。”黄雀从乌飞，比翼长参差，雄飞占新巢，雌伏思旧枝。两雄相顾诧，各自还其雌。雌雄一时合，双泪沾裳衣。

1.诗从两家男女的离合聚散，反映当时人民夫妻不能相保的悲惨遭遇。　2.“李将军”，不详。　3.“冒”，音 juàn，缠绕。“乔柯”，高枝。　4.“离披”，形容分散。　5.“障面”，面纱。　6.“贱子”，男子自谦之称。　7.“商山”，疑是今山东桓台东南的商山（亦名铁山），因为作者曾提学山东。　8.“执箕帚”，意即做妻子。

吴嘉纪

吴嘉纪（1618—1684），字宾贤，泰州（今江苏泰州）人。隐居家贫，终身不仕。性耿介高洁，与时流落落难合。诗多咏人民疾苦，并揭露统治者的暴行。诗风质朴苍劲。有《陋轩集》。

朝雨下[1]

朝雨下，田中水深没禾稼，饥禽聒聒啼桑柘[2]。暮下雨，富儿漉酒聚俦侣[3]，酒厚只愁身醉死[4]。雨不休[5]，暑天天与富家秋。檐溜淙淙凉四座，座中轻薄已披裘[6]。雨益大，贫家未夕关门卧，前日昨日三日饿，至今门外无人过。

1. 诗约作于清世祖顺治十八年（1661）。从淫雨中苦乐不同的生活，反映当时阶级矛盾的尖锐。　2. "聒聒"，鸟喧闹声。　3. "漉酒"，滤酒，去糟存汁。　4. "酒厚"，酒味浓厚。　5. "雨不休"四句：是说阴雨连绵使富人在暑天而享受到秋天般的凉爽。　6. "轻薄"，这里指娇气十足的富人。

尤侗

尤侗（1618—1704），字同人，长洲（今江苏苏州）人。清世祖顺治拔贡，授永平推官。圣祖康熙十八年（1679），始以举博学鸿词，授翰林院检讨。诗明朗自然，时近白居易与杨万里，但不免滑易。有《尤西堂全集》。

散米谣[1]

一叟扶杖拄[2]，一妪倚门伫。一夫趋檐楹[3]，一妇隐庭柱[4]；手中提一男，怀中褓一女[5]。一农又一工，一商又一旅，一渔又一樵，一衲又一羽[6]。跛者步槃跚[7]，驼者立伛偻[8]，喑者呼呜呜[9]，瞽者行踽踽[10]，尪者貌玄黄[11]，裸者身蓝缕，寡妻逐鳏夫，孤儿随独父[12]。或操箪与瓢[13]，或携筐与筥[14]；或以破帽盛，或以弊衣取，或挈瓶托钵，或将双手举。左去右复来，前推后还阻。

数一以至十[15]，至不可胜数。丁男四千余，丁女三千计[16]。谁为算博士[17]？分明点鬼簿[18]！小吏在傍立，往往识尔汝：某也田舍翁[19]，某也市门贾，某也弓之子[20]，某也褐之父[21]，某裙而某钗，萧娘及吕姥[22]。畴昔大有年[23]，各能立门户；饥则食肉糜[24]，寒则被纨绔。一旦遭凶荒，死亡十去五，壮者走四方，弱者守此土。闻有发粟令，百里争趋府。可怜良家子，乃与乞丐伍；性命且不保，廉耻何足语。朝幸有米炊，暮尚无薪煮，今日更明日，欲愁空廪庾 ²⁵。

予顾太守叹 ²⁶：大无岂小补 ²⁷！甲哺不及乙，辰饱不待午；穷官千日粮，穷民一日肚。欲竭升斗储，衙内鱼生釜 ²⁸；虽竭尚方租 ²⁹，难嘘寒谷黍 ³⁰。欲绘饥民图，献之上帝所，大发万千仓，散为天下雨。

1. 顺治十一年（1654），永平府（今河北卢龙）大饥。尤侗时为推官，与知府罗廷玙率属吏捐赈。诗叹灾重粮少，饥民难以存活；篇末拟求助天帝，意在讽刺统治集团。 2. 这段写领米者的年貌、行动等。"拄"，支撑。 3. "楹"，柱。 4. "隐"，倚。 5. "襁"，襁负，将小孩拴在身上。 6. "衲"，音 nà，僧衣，僧。"羽"，羽衣，道士。 7. "槃跚"，蹒跚，跛者行路的姿态。 8. "伛偻"，音 yǔlǚ，背曲腰弯。 9. "喑者"，哑人。"喑"，音 yīn。 10. "踽踽"，形容独行难进。 11. "尪"，音 wāng，瘦小。"貌玄黄"，面色黑黄。 12. "独父"，老而无子的人。 13. "箪"，盛饭的圆竹器。 14. "筥"，音 jǔ，盛物的圆竹器。 15. 这段说饥民众多，因为灾荒严重，小康之家也来领粮。 16. "丁女"，成丁的妇女。 17 "算博士"，善计算的人。唐骆宾王作诗好用数对，时人称为算博士。 18. "点鬼簿"，指放赈的花名册。唐杨炯作文好用古人姓名，时人称为点鬼簿。 19. "田舍翁"，老农。 20. "弓之子"，造弓者。疑用《礼记·学记》"良弓之子"。这里泛指工匠。 21. "褐之父"，贫寒人（参看《左传》哀公十三年"余与褐之父睨之"注）。 22. "萧娘"，指少年妇女。"吕姥"，指老年妇女。《南史·临川靖惠王萧宏传》有"不畏萧娘与吕姥"。 23. "大有"，粮食丰收。 24. "肉糜"，用肉作粥。西晋初，天下荒乱，百姓饿死。惠帝说："何不食肉糜？"（参看《晋书·惠帝纪》） 25. "廪庾"，仓有屋曰廪，露积曰庾。此处泛指粮仓。 26.这段述作者对救灾的慨叹，在自恨力薄中，隐寓讽刺。 27."大无"句：灾区地大人多，少数粮食无济于事。 28."衙内"句：官府无米可炊。《后汉书·范冉传》说，范冉为莱芜长，生活简陋，民谣有"釜中生鱼范莱芜"。 29."尚方租"，上交皇帝的租粮。 30."难嘘"句：反用邹衍吹律故事，说明不能使灾民得救。刘向《别录》："邹衍在燕，有谷寒不生五谷。邹子吹律，而温至生黍也。"（参见《文选·秋胡诗》注）

陈维崧

陈维崧（1625—1682），字其年，号迦陵，宜兴（今江苏宜兴）人。少年逢国变，无意仕进。后应试不第，落拓游南北。清圣祖康熙十八年（1679），举博学鸿词，授翰林院检讨。词宗苏、辛，感旧怀古，多牢落不平之气，间有反映人民疾苦者。词风沉雄俊爽，但时失于粗率。著有《陈迦陵文集》。

南乡子·邢州道上作[1]

秋色冷并刀，一派酸风卷怒涛[2]。并马三河年少客[3]，粗豪，皂栎林中醉射雕[4]。　　残酒忆荆高[5]，燕赵悲歌事未消[6]。忆昨车声寒易水[7]，今朝，慷慨还过豫让桥[8]。

1."邢州"，今河北邢台。词疑为康熙七年（1668），自北京南游汴、洛途中作，写作者道中所见与怀古心情。　2."酸风"，刺人的寒风，这里有悲凉意。　3."三河年少客"，指倜傥豪侠的都邑少年。"三河"，河东、河内、河南，约当今河南西北部与山西南部地区。这一带曾是商、周的政治中心。　4."皂栎"，树名，两种落叶乔木。"射雕"，这里泛指弋射野鸟。"雕"，猛禽名。古称善射者为"射雕手"。　5."荆高"，荆轲、高渐离。　6."燕赵"句：《史记·刺客列传·荆轲传》说，荆轲与高渐离饮酒燕市，酒酣，高渐离击筑，荆轲和而歌，始相乐，继相泣。后荆轲入秦，燕太子丹送于易水，高渐离击筑，荆轲又和而歌。韩愈《送董邵南序》说燕赵多慷慨悲歌之士。　7."易水"，发源于河北易县附近，经定兴，入拒马河。　8."豫让桥"，在今河北邢台北。春秋末，晋智伯为赵襄子所杀。豫让因曾受智伯重视，伏桥下，谋刺赵襄子，事败自杀（参看《史记·刺客列传·豫让传》）。

点绛唇·夜宿临洺驿[1]

晴髻离离[2]，太行山势如蜾蚪。稗花盈亩，一寸霜皮厚。　　赵魏燕韩[3]，历历堪回首[4]。悲风吼，临洺驿口，黄叶中原走[5]。

1.临洺驿，在今河北邯郸市永年区。"洺"，音 míng。与《南乡子》词同作于自北京南游途中。作者旅京不得志，故于写景中暗寓漂泊的感慨。　2.“晴髻”二句：遥望太行山山势。“髻”，喻山峰。“离离”，如历历，形容分明。　3.“赵魏”句：泛指太行山脉附近，河北与河南北部一带。　4.“历历”句：是说漫游的踪迹都可以清晰地回想起来。　5.“黄叶”句：以风中落叶自喻，也是写景。

贺新郎·纤夫词 [1]

　　战舰排江口，正天边、真王拜印 [2]，蛟螭蟠钮 [3]。征发棹船郎十万 [4]，列郡风驰雨骤 [5]。叹闾左、骚然鸡狗 [6]。里正前团催后保 [7]，尽累累、锁击空仓后 [8]；捽头去 [9]，敢摇手？　　稻花恰称霜天秀 [10]，有丁男、临歧诀绝 [11]，草间病妇。此去三江牵百丈 [12]，雪浪排樯夜吼，背耐得、土牛鞭否 [13]？好倚后园枫树下 [14]，向丛祠、巫倩巫浇酒 [15]。神佑我，归田亩。

1.“纤夫”，船上拉纤的人。词揭露清统治者为巩固政权，镇压反抗，强征服役，为害百姓的罪行。约作于康熙十三、四年（1674、1675）平三藩时。　2.“真王”，《史记·淮阴侯列传》：韩信平齐，欲称王，借口齐人伪诈多变，须有假王镇服。汉王说：“大丈夫定诸侯，即为真王可耳，何以假为？”三藩变起，清帝命安亲王岳乐进兵江西，简亲王喇布镇守江南，“真王”当指此。“拜印”，授新印信（参看《东华续录·康熙》卷十四）。　3.“蛟螭”句：印钮雕为蛟螭的形状。从印的名贵见职权的重大。　4.“棹船郎”，船夫。　5.“风驰雨骤”，如言雷厉风行。　6.“闾左”，闾里的左侧，贫民居住的地方。《史记·陈涉世家》：“凡居以富为右，贫弱为左。" 7."里正"，约似后代地保。"团""保"，皆旧时户籍单位名。 8."累累"，形容惫弱。 9."捽"，音 zuó，揪着头发。 10."稻花"句：曲折地点出当时"拉夫"的暴行对农事的恶影响。"秀"，庄稼开花。 11."有丁"二句：被征者与病妻在草里偷偷话别。"丁男"，成丁的男子。"诀绝"，永别。 12."此去"三句：妇问夫。"三江"，异说甚多，这里疑指鄱阳湖附近。"百丈"，拉船的竹纤。 13."耐得"，能否受得起鞭打。"土牛"，土做的牛，即春牛。旧制，立春日，举行劝农典礼，官吏祭农神后，以彩鞭鞭打春牛。 14."好倚"四句：夫嘱妇。 15."丛祠"，树木荫翳的神祠。"亟"，急。

醉落魄·咏鹰[1]

寒山几堵[2]，风低削碎中原路[3]。秋空一碧无今古。醉袒貂袭，略记寻呼处[4]。　　男儿身手和谁赌[5]？老来猛气还轩举[6]，人间多少闲狐兔！月黑沙黄，此际偏思汝[7]。

1.词借猛禽寄壮怀，愿像鹰搏狐兔那样，消灭人间败类；先咏物，后言志。 2."几堵"，几道墙。 3."风低"句：写鹰在北方广大平原上迅疾低飞。 4."呼"，鹰受打猎者豢养，听他呼唤支使。 5."和谁赌"，无机会和人比高低。 6."轩举"，飞扬。 7."汝"，语意双关，指鹰，也指自己。

朱彝尊

朱彝尊（1629—1709），字锡鬯（音 chàng），号竹垞（音 chá），秀水（今浙江嘉兴）人。少年时，因社会动乱，无意功名，专力于经典古文辞。后客游南北，仍常载书随行。清圣祖康熙十八年（1679），举博学鸿词，授翰林院检讨。他的诗词并负盛名，二者均以博学、功力见长。诗虽称清新浑朴，但好用僻典、险韵；词虽称细致绵密，但从大量咏物词、集古词看，足见其有争奇斗巧的倾向。诗尊唐薄宋，词宗姜、张，空灵清疏与张更近。有《曝书亭集》。

哭王处士翃[1]（六首选一）

相送悲长别[2]，还家惨独行[3]。流连简书札[4]，次第念交情[5]。自有《箧中》作[6]，何难身后名！泉台应快意[7]，未必似平生。

1. 王翃字介人，嘉兴人，工诗。清世祖顺治十年（1653）卒。诗即此时作，在对王的哀悼中，反映当时洁身自好的士大夫的共同遭遇。　2. "相送"，送葬。　3. "还家"，送葬后回来。　4. "简"，阅。　5. "次第"，如言一一。　6. 《箧中》作，指将为名家选录的优秀作品。《箧中》，唐元结编选沈千运诸人诗，名《箧中集》。　7. "泉台"二句：痛惜王一生坎坷，因而希望他在地下不再如此。

来青轩 [1]

天书稠叠此山亭 [2]，往事犹传翠辇经 [3]。莫倚危栏频北望，十三陵树几曾青 [4]？

1."来青轩"，在北京西山香山寺内。明世宗至香山寺说："西山一带，香山独有翠色。"神宗因题殿侧轩为"来青"（参看《帝京景物略》）。诗作于康熙十年（1671），因古迹怀故国。　2."天书"，指皇帝的墨迹。"稠叠"，言多。"来青""郁秀""清雅""望都"四匾皆明帝所书。　3."翠辇"，皇帝所坐的车。"翠"，鸟名，翡翠，这里的意思是以翠羽为饰。　4."十三"句：从陵树不青表现作者对明陵受摧残的愤慨。"十三陵"在今北京昌平，包括明成祖、仁宗、宣宗、英宗、熹宗等十三个皇帝的坟墓。

玉带生歌 [1] 并序

玉带生，文信国所遗砚也 [2]。予见之吴下 [3]，既摹其铭而装池之 [4]，且为之歌曰：

玉带生 [5]，吾语汝：汝产自端州 [6]，汝来自横浦 [7]。幸免事降表，金名谢道清 [8]，亦不识大都承旨赵孟頫 [9]。能令信公喜，辟汝置幕府 [10]。

当年文墨宾[11]，代汝一一数：参军谁[12]？谢皋羽[13]；寮佐谁[14]？邓中甫[15]；弟子谁？王炎午[16]。独汝形躯短小，风貌朴古；步不能趋，口不能语；既无鸲之鸽之活眼睛[17]，兼少犀纹彪纹好眉妩[18]；赖有忠信存，波涛孰敢侮[19]？是时丞相气尚豪，可怜一舟之外无尺土[20]，共汝草檄飞书意良苦。四十四字铭厥背[21]，爱汝心坚刚不吐[22]。

自从转战屡丧师[23]，天之所坏不可支[24]。惊心柴市日[25]，慷慨且诵临终诗[26]，疾风蓬勃扬沙时[27]。传有十义士[28]，表以石塔藏公尸[29]。生也亡命何所之？或云西台上[30]，晞发一叟涕涟洏[31]，手击竹如意[32]，生时亦相随[33]。冬青成阴陵骨朽[34]，百年踪迹人莫知。

会稽张思廉[35]，逢生赋长句[36]。抱遗老人阁笔看[37]，七客寮中敢呎怒[38]？吾今遇汝沧浪亭[39]，漆匣初开紫衣露，海桑陵谷又经三百秋[40]，以手摩挲尚如故[41]。洗汝池上之寒泉[42]，漂汝林端之霏雾；俾汝长留天地间，墨花恣洒鹅毛素[43]。

1.诗是康熙四十四年（1705）作的，在叙述砚的流传经过中，兼写对文天祥的敬仰。　2."文信国"，文天祥封信国公。　3."吴下"，苏州。　4."装池"，装裱，并加缘饰。"池"，缘饰名。　5.这段说，砚以出处清白为文天祥所赏识。　6."端州"，今广东肇庆。州有端溪，产砚石，世称端砚。　7."横浦"，关名，在今广东南雄西北。　8."幸免"句：是说砚未参与以谢后为首的投降。"谢道清"，宋理宗的皇后，恭帝时为太皇太后。德祐二年（1276），元军逼临安，她签署降表。　9."亦不"句：是说砚不与"二臣"交往。"赵孟頫"，宋宗室，宋亡，降元，官至翰林院学士承旨。赵为书画名家，故特提及。　10."辟"，征聘。　11.这段将砚与当时的幕宾并列，写它的古朴的形貌与它在文天祥幕府所起的作用。"文墨宾"，以文墨为幕宾的人。　12."参军"，官名，古代军府中的属官。　13."谢皋羽"，名翱，曾为文天祥咨议参军。　14."寮佐"，属吏。　15."邓中甫"，名剡，字光荐，曾助文天祥筹划军事。宋亡，他又与文一同被押北行，至建康，因病得释。　16."王炎午"，字鼎翁。文天祥被执过庐陵，他作的生祭文自称"里学生"，并说："炎午，丞相乡之晚进士也，前成均（太学）之弟子员也。"　17."鸲之鹆之活眼睛"，"鸲鹆"，音 qú yù，即八哥。《左传》昭公二十五年引童谣的首句。"之"与"兮"同。"眼睛"，双关语，指鸲鹆的眼，也指端溪石上的形状与眼睛相似的纹理。朱彝尊《砚说》论砚石上眼："碧谓之鸲鹆。"　18."兼少"句：是说缺少眉子砚石那样的纹理。《歙砚说》："眉子色青或紫，短者簇者如卧蚕，而犀纹立理；长者阔者如虎纹，而松纹纵理。""眉妩"，眉的美好。　19."波涛"句：双关语，指海上波涛，也用以比喻当时奸邪。　20."可怜"句：疑指宋德祐二年，文天祥自元军逃出，浮海赴温州事。　21."四十"句：文天祥有《玉带生铭》四十四字。"厥"，其。　22."刚不吐"，不畏强敌。《诗经·大雅·烝民》有"刚亦不吐"。　23.这段叙文死节与砚归谢翱的传说。　24."天之"句：是说南宋势必倾覆，文天祥不能挽救。《国语·周语》引周诗："天之所支，不可坏也；其所坏，亦不可支也。"　25."柴市日"，元至元十九年（1282），文天祥被杀于元都柴市。　26."临终诗"，文天祥临终诗见赵弼《文信公传》。　27."疾风"句：见赵弼《文信公传》与胡广《丞相传》。　28."十义士"，胡广《丞相传》："有十义士收尸葬于都城外。"　29."表以"句：《帝京景物略》说，元大德初，文天祥继子升至京，于葬处，见大小二僧塔，大塔有小石碑，刻"信公"二字。　30."西台"，浙江桐庐富春山有东、西二台，文天祥殉国后，谢翱诸人在西台设祭，谢有《登西台恸哭记》。　31."晞发一叟"，谢翱号晞发子。"涟洏"，形容流涕。"洏"，音 ér。　32."竹如意"，《登西台恸哭记》："乃以竹如意，击石作楚歌。"　33."生时"句：张宪《玉带生歌序》有"丞相殉国死，讣闻，生与翱哭于西台之下"。　34.“冬青”句：宋祥兴元年（1278），绍兴宋诸帝墓被掘，骸骨多抛弃草莽中。林景熙等收残骨，藏盒内，葬在会稽兰亭山上，并植冬青树为标志。　35.这段叙谢翱以后，砚的流传。“张思廉”，名宪，元末山阴（今浙江绍兴）人。　36.“长句”，指《玉带生歌》。　37.“抱遗”二句：杨维桢号抱遗老人，所作《七客者志》说，他曾得文天祥玉带砚与贾似道古琴等六种古物，特辟一室以贮藏，又因为他自己也常居室中，遂称为七客者之寮。　38.“吙”，音 āo，狎亵的声音。　39.“沧浪亭”，在今江苏苏州。　40.“三百秋”，自元末到作此诗时约三百年。　41.“摩挲”，音 mó suō，抚摸。　42.“之”，以。　43.“鹅毛素”，洁白的绢、纸。

卖花声·雨花台[1]

　　衰柳白门湾[2]，潮打城还[3]。小长干接大长干[4]。歌板酒旗零落尽，剩有渔竿。　　秋草六朝寒[5]，花雨空坛[6]。更无人处一凭阑。燕子斜阳来又去，如此江山[7]！

1.“雨花台”，在南京聚宝门外聚宝山上。相传梁云光法师在这里讲经，感动上天，落花如雨，故名。词从南京的萧条景象反映清兵南侵时对名城的破坏。　2.“衰柳”二句：写城的西北。“白门”，本建康台城的外门，后来用为建康的别称。　3.“城”，古石头城，在今南京清凉山一带。用刘禹锡《石头城》“潮打空城寂寞回”句意。　4.“小长”三句：写城南。“小长干”“大长干”，古里巷名，故址在今南京城南。　5.“寒”，荒寒。　6.“花雨”句：是说从前天花降落的地方，而今一无所有。　7.“如此”句：意思是江山如旧，人事已非。

一叶落

　　泪眼注[1]，临当去，此时欲住已难住。下楼复上楼[2]，楼头风吹雨。风吹雨，草草离人语[3]。

1."注"，倾泻。　2."下楼"句：已动身，又折回。　3."草草"句：因为离绪纷纭，遂觉言不尽意。

王士禛

　　王士禛（1634—1711），字贻上，号渔洋山人，新城（今山东桓台）人。清世祖顺治十五年（1658）进士。官至刑部尚书。他曾被视为清初诗坛领袖。实际上他的诗只以抒情写景的短篇见长，达到清秀圆润，蕴藉委婉；缺乏社会内容更是重要缺点。他官至尚书，身名俱泰；又提倡神韵，反对以议论、学问为诗；作品的特点可视为政治遭遇与理论实践的结果。有《带经堂全集》。

秦淮杂诗 [1]（二十首选一）

　　傅寿清歌沙嫩箫 [2]，红牙紫玉夜相邀 [3]。而今明月空如水，不见青溪长板桥 [4]。

1. "秦淮"，源出溧水，东北流，贯穿南京城。明季河畔歌楼舞馆特盛。顺治十八年（1661），王士禛以扬州推官至南京，居河侧，念秦淮旧事，因以诗写盛衰兴亡之感。　2. "傅寿""沙嫩"，皆明末秦淮名妓。傅寿字灵修，能弦索，喜演剧。沙嫩名宛（一作宛在），字嫩儿，善吹箫度曲。　3. "红牙"，红色牙板，即拍板，用以节乐。"紫玉"，箫，因箫笛多用紫竹制成，故有此称。　4. "青溪"，在南京东北，泄玄武湖水，南入秦淮河。"板桥"，跨青溪上。

真州绝句 [1]（六首选一）

　　江干多是钓人居 [2]，柳陌菱塘一带疏；好是日斜风定后，半江红树卖鲈鱼。

1. "真州"，今江苏仪征。诗作于清圣祖康熙元年（1662），作者时任扬州推官。　2. "江干"，江涯。

田　雯

田雯（1635—1704），字纶霞，德州（今山东德州）人。清世祖顺治十八年（1661）进士，官至户部侍郎。诗从多方面取材，华实兼重。有《山姜诗选》。

采砂谣¹

大如牛，赤如日。官府学神仙，取砂何太急！（一解）囊有砂²，瓶无粟。奈何地不爱宝³，产此荼毒⁴。（二解）砂尽山空，而今乌有。皂衣夜捉人⁵，如牵鸡狗。（三解）匍匐讼堂，堂上大呼弗已：误我学仙不长生，尔当鞭笞至死。（四解）

1. "砂"即朱砂。清圣祖康熙二十七年（1688）秋至三十年（1691）秋，田雯为贵州巡抚。贵州开阳盛产朱砂。他在所著《黔书朱砂》里，记述采砂情况，并于书尾赋中指出，因世妄传服朱砂可成仙，故官府多方搜求，造成当地人民的苦难。诗意与赋同，当即作者在黔时作。　2. "囊有"二句：意思是，当地人民迫于官府搜求，全力采砂，不暇耕田，故缺乏粮食。　3. "奈何"二句：怨地产朱砂，毒害人民。"地不爱宝"，《礼记·礼运》有"地不爱其宝"。　4. "荼毒"，本指味苦有毒的东西，引申为毒害、苦难。　5. "皂衣"，指衙役。

顾贞观

顾贞观（1637—1714），字华峰，无锡（今江苏无锡）人。清圣祖康熙五年（1666）举人，为国史院典籍。词善抒情，真挚委婉；其他题材，则多平实，少新颖。有《弹指词》。

金缕曲（二首选一）

寄吴汉槎宁古塔[1]，以词代书。丙辰冬[2]，寓京师千佛寺，冰雪中作。

季子平安否[3]？便归来、平生万事，那堪回首！行路悠悠谁慰藉[4]，母老家贫子幼[5]。记不起、从前杯酒。魑魅搏人应见惯[6]，总输他、覆雨翻云手[7]。冰与雪，周旋久。　　泪痕莫滴牛衣透[8]！数天涯、依然骨肉[9]，几家能彀[10]？比似红颜多命薄[11]，更不如今还有。只绝塞、苦寒难受。廿载包胥承一诺[12]，盼乌头、马角终相救[13]。置此札，君怀袖。

---

1. "汉槎"是吴兆骞的字。清世祖顺治十四年（1657），他因江南科场案，流徙宁古塔（今黑龙江宁安）。　2. "丙辰"，康熙十五年（1676）。词写作者对吴的同情与慰藉。　3. "季子"，春秋时，吴王寿梦之子季札有贤名，因封于延陵号延陵季子，后来常用"季子"称姓吴的人。　4. "行路"，

即行路人，这里泛指一般无关系的人。"悠悠"，远，不相关。 5."母老"，江南科场案判决，应考者的父母兄弟妻子均流放宁古塔。由于友人斡旋，吴的父母兄弟得免流徙，故言"母老家贫"。"子幼"，吴子振臣，康熙三年（1664）生于宁古塔，此时年十三，故言"子幼"。 6."魑魅"二句：是说反复无常的朋友比害人的山怪还可怕。"魑魅"，音 chīmèi，山泽中害人的怪物。杜甫《天末怀李白》有"魑魅喜人过"，顾词本此。"搏"，抓。 7."覆雨翻云手"，用杜甫《贫交行》"翻手作云覆手雨"。 8."牛衣"，指粗劣的衣裳。 9."数天"二句：虽然远谪，但骨肉并未分离，这是不可多得的。吴被谪后，他的妻子曾到宁古塔与他同住十余年，生一子四女。 10."彀"，同"够"。 11."比似"二句：吴的命运固然不幸，但现在还有不及他的。江南科场案中，有不少人较吴受害更甚。 12."廿载"二句：意思是在不可能的条件下，也要实现救吴的诺言。"廿载"，自江南科场案到此时恰二十年。"包胥承一诺"，春秋时，伍子胥避害自楚逃吴，对申包胥说："我必覆楚。"申包胥说："我必存之。"后伍子胥引吴兵陷郢，申包胥入秦乞兵，终复楚国（参看《史记·伍子胥列传》）。 13."乌头马角"，乌鸦的头变白，马首上长出角，比喻不可能实现的事情。战国末，燕太子丹为质于秦，求归。秦王说："乌头白，马生角，乃许耳！"他仰天长叹，这时乌头变白，马亦生角（参看《史记·刺客列传·荆轲传》注）。

查慎行

查慎行（1650—1727），字悔余，海宁（今浙江海宁）人。

清圣祖康熙四十二年（1703）进士，官翰林院编修。诗宗宋人，内容以旅途见闻感受与自然风物为多，诗风宏丽稳惬，亦有沉雄踔厉处。有《敬业堂集》。

中秋夜洞庭湖对月 [1]

长风霾云莽千里 [2]，云气蓬蓬天冒水 [3]；风收云散波忽平，倒转青天作湖底。初看落日沉波红，素月欲升天敛容 [4]；舟人回首尽东望，吞吐故在冯夷宫 [5]。须臾忽自波心上，镜面横开十余丈；月光射水水射天，一派空明互回荡。此时骊龙潜已深 [6]，目眩不敢衔珠吟；巨鱼无知作腾踔 [7]，鳞甲闪烁翻黄金。人间此境知难必，快意翻从偶然得。遥闻渔父唱歌来，始觉中秋是今夕。

1.康熙二十一年（1682），作者自贵州回故乡海宁，船过洞庭湖作此诗。　2.“霾”，阴晦。　3.“蓬蓬”，形容云气之盛。“冒”，覆盖。　4.“天敛容”，日已落、月未升时，天空暂时昏暗无光。　5.“故”，乃。“冯夷宫”，水神冯夷所居，这里指湖水。　6.“此时”二句：借骊龙潜藏表现月光射入湖波深处，湖上寂静。《庄子·列御寇》说，在九重深渊，骊龙颔（颏下颈上）下，有“千金之珠”。　7.“腾踔”，飞腾跳跃。

鱼苗船 [1]

几片红旗报贩鲜，鱼苗百斛楚人船；怜他性命如针细，也与官家办税钱。

1.康熙三十一年（1692），查慎行客居九江，诗为讽当时官税苛细而作。

纳兰性德

纳兰性德（1655—1685），字容若，满洲正黄旗人。大学士明珠长子。清圣祖康熙十五年（1676）进士，官一等侍卫。生平避谈世事，故词也主要写离别相思及伤春悲秋等个人生活感受。词的艺术特征接近李煜，直抒胸怀，婉约清新；但过多哀思，情调消沉。有《饮水词》。

长相思 [1]

山一程，水一程，身向榆关那畔行 [2]。夜深千帐灯。　　　风一更，雪一更，聒碎乡心梦不成。故园无此声。

1. 词当成于作者从清圣祖赴盛京（今辽宁沈阳）途中。 2. "榆关"，山海关。"那畔"，那边，关外。

蝶恋花 [1]

辛苦最怜天上月 [2]，一昔如环 [3]，昔昔长如玦 [4]。但似月轮终皎洁 [5]，不辞冰雪为卿热。 无那尘缘容易绝 [6]，燕子依然 [7]，软踏帘钩说。唱罢秋坟愁未歇 [8]，春丛认取双栖蝶 [9]。

1. 词悼念已死的恋人。 2. "辛苦"三句：因为人的会少离多，同情月的暂圆常缺。 3. "昔"，与"夕"同。 4. "玦"，玉佩，如环而缺。 5. "但似"二句：只要对方始终如一，自己甘愿做明知不能做成的事。 6. "无那"句：叹对方生命短促，欢会无多。 7. "燕子"二句：帘间燕子不知人亡，仍然呢喃诉说往事。 8. "唱罢"句：是说人虽死而情未泯。"唱罢秋坟"，用李贺《秋来》中"秋坟鬼唱鲍家诗"句。 9. "春丛"句：意思是真情生死不变，将如祝英台、梁山伯及韩凭夫妇之化为双蝶。

蝶恋花 [1]

又到绿杨曾折处，不语垂鞭 [2]，踏遍清秋路。衰草连天无意绪，雁声远向萧关去³。　　不恨天涯行役苦，只恨西风⁴，吹梦成今古⁵。明日客程还几许，沾衣况是新寒雨。

1.词写因过旧日分别处而引起的惆怅。　 2."不语"句：沉思往事，故默默无言，任马缓行。　 3."萧关"，在今宁夏固原，古时为西北边区冲要。　 4."只恨"二句：是说时间的变易使梦样的往事难再寻觅。　 5."成今古"，极言距离遥远，慨叹时光消逝。

徐　兰

　　徐兰（1660？—1730？），字芝仙，常熟（今江苏常熟）人。清圣祖康熙二十年（1681）左右，入京为国子监生。后为清宗室安郡王（疑即玛尔浑）幕僚，康熙三十五年（1696）从安郡王出塞，由居庸关至归化城。世宗雍正初，年羹尧征青海，又参年军事。为人多才艺，诗画并工；诗风似岑参、李贺，精悍沉雄，多奇句。有《芝仙书屋集》未见，存《出塞诗》。

出居庸关 [1]

将军□去必封侯 [2]，士卒何心肯逗留；马后桃花马前雪 [3]，
出关争得不回头 [4]。

1. "居庸关"，在今北京昌平西北。康熙三十五年（1696），清帝统兵征
噶尔丹，诗即随军出塞时作，对远征似有讽刺。《清诗别裁》题作"出
关"。　2. "将军"二句：意思是，为实现将军的封侯愿望，士卒只得迅速
行军。"□"，字残缺，疑是"此"字。《清诗别裁》作"凭山俯海古边州，
旆影风翻见戍楼"，与当时情况不合，兹从徐集《出塞诗》。　3. "马后"
二句：转就关内外景物写，仍透露对出征的不满。　4. "出"，依《清诗别
裁》补，原残缺。

赵执信

赵执信（1662—1744），字伸符，号秋谷，益都（今山东青
州）人。清圣祖康熙十八年（1679）进士，官至右春坊右赞善兼
翰林院检讨。以"国忌"日观剧罢职，坐废终身。诗多反映现实
生活，绝去雕饰，自见清异。有《饴山堂集》。

萤　火 [1]

　　和雨还穿户，经风忽过墙。虽缘草成质[2]，不借月为光。解识幽人意[3]，请今聊处囊[4]。君看落空阔，何异大星芒[5]。

　　1.诗是咏物而有寄托：正人处世，虽地位低微，仍可凭己力有所建树。作期约在康熙二十六年（1687）或稍后，作者为右赞善时。　　2.“草成质”，《礼记·月令》有“腐草为萤”。“质”，体。　　3.“解识”二句：用萤为比喻，表示居下位而不怨。　　4.“处囊”，晋车胤家贫，夏夜用练囊盛萤火以照明读书（参看《晋书·车胤传》）。战国时，赵毛遂自荐于平原君，请随使楚，被拒；他以锥处囊中为喻，说明如使楚必有所表现，终得从行立功（参看《史记·平原君列传》）。赵诗兼用此二事。　　5.“芒”，光芒。

甿入城行 [1]

　　村甿终岁不入城[2]，入城怕逢县令行。行逢县令犹自可[3]，莫见当衙据案坐。但闻坐处已惊魂，何事喧轰来向村[4]？银铛柤械从青盖[5]，狼顾狐嗥怖杀人[6]。鞭笞榜掠惨不止，老幼家家血相视[7]。官私计尽生路无，不如却就城中死[8]。一呼万应齐挥拳，胥隶奔散如飞烟。可怜县令审何处，眼望高城不敢前。城中大官临广堂，颇知县令出赈荒；门外甿声忽鼎沸[9]，急传温语无张皇[10]：城中酒浓馎饦好[11]，人人给钱买醉饱。醉饱争趋县令衙，撤扉毁阁如风扫。县令深宵匍匐归¹²，奴颜囚首销凶威。诘朝甿去城中定¹³，大官咨嗟顾县令。

1. 诗作于康熙六十年（1721），作者侨寓苏州时。他同情农民反抗压迫的行动，而讽刺贪残的官吏。　2.“村甿”，农民。“甿”，音méng。　3.“行逢”二句：路遇县官还好办，不要碰到他坐堂审官司。“犹自可”，犹可。　4.“喧轰”，指县官下乡时衙役的喧闹声。　5.“银铛”句：众衙役手持刑具，跟在县官车后。“银铛”，拘人的铁链。“杻械”，指脚镣手铐等刑具。　6.“狼顾”，狼行常回顾。这里形容衙役东张西望地侦察。　7.“血相视”，带泪相看。“血”，指泪。汉李陵《答苏武书》：“战士为陵饮血。”注：“血，即泪也”。　8.“却就城中死”，还是到城中拼命。指入城暴动。　9.“鼎沸”，形容农民的声势。　10.“温语”，温和的语言。　11.“馎饦”，音bótuō，汤饼，这里泛指水煮的面食。　12.“县令”四句：写大小官吏的狼狈相。　13.“诘朝”，次晨。

沈德潜

　　沈德潜（1673—1769），字确士，长洲（今江苏苏州）人。清高宗乾隆四年（1739）进士，官至内阁学士兼礼部侍郎。他论诗主张温柔敦厚，诗风平正朴实，是正统派的代表者；但反映人民疾苦的篇章，也值得重视。有《沈归愚诗文全集》。

刈麦行

前年麦田三尺水，去年麦田半枯死；今年二麦俱有秋¹，高下黄云遍千里²。磨镰霍霍割上场³，妇子打晒田家忙。纷纷落硙白于雪⁴，瓦甑时闻饼饵香。老农食罢吞声哭，三年乍见今年熟。

1. "二麦"，大麦、小麦。"有秋"，丰收。 2. "黄云"，指熟透发黄的麦。 3. "霍霍"，形容磨刀迅速。 4. "硙"，音 wèi，磨。

厉 鹗

厉鹗（1692—1752），字太鸿，钱塘（今浙江杭州）人。清圣祖康熙五十九年（1720）中举后，屡试不第，以教学终身。他以词名，也工诗。幽逸清奇是其诗词的共同风格。词师姜夔，常不免过重技巧。有《樊榭山房集》。

蒙 阴[1]

　　冲风苦爱帽檐斜，历尾无多感岁华[2]。却向东蒙看霁雪[3]，青天乱插玉莲花[4]。

1."蒙阴"，今山东蒙阴。诗作于康熙五十九年（1720）作者赴北京应试途中。　2."历尾无多"，一年将尽。"历尾"，历书的末尾。　3."东蒙"，蒙山亦名东蒙山。　4."玉莲花"，指戴雪的山峰。

雨中泛舟三潭同沈确士作[1]

　　一雨湖山破清晓，云外诸峰殊杳杳。问谁着眼到空濛[2]？只有斜风吹白鸟。斜风忽断縠文铺[3]，坏塔平林乍有无。浓拖高柳三升墨[4]，乱打新荷万斛珠。画船低似荷花屋，瑟瑟梢梢闲芦竹[5]。可惜今宵五月寒，不同我友三潭宿。

1.三潭在西湖中。沈确士即沈德潜。诗作于清世宗雍正九年（1731）。　2."空濛"，雨中山色。苏轼《饮湖上初晴后雨》有"山色空濛雨亦奇"。　3."斜风"句：是说风吹浪起，沦漪散乱。"縠文铺"，用平铺的绉纱纹理比喻湖面微波。　4."浓拖"句：雨中柳树如用大量浓墨画成。"拖"，下垂。　5."瑟瑟梢梢"，风吹草木声。

忆旧游

辛丑九月既望[1]，风日清霁，唤艇自西堰桥[2]，沿秦亭、法华[3]，湾洄以达于河渚。时秋芦作花，远近缟目[4]。回望诸峰，苍然如出晴雪之上。庵以秋雪名，不虚也。乃假僧榻，偃仰终日。唯闻棹声掠波往来，使人绝去世俗营竞所在[5]。向晚宿西溪田舍[6]。以长短句纪之。

溯溪流云去[7]，树约风来，山蹙秋眉[8]。一片寻秋意[9]，是凉花载雪[10]，人在芦碕[11]。楚天旧愁多少[12]，飘作鬓边丝。正浦溆苍茫[13]，闲随野色，行到禅扉[14]。　　忘机。悄无语，坐雁底焚香[15]，蛩外弦诗[16]。又送萧萧响[17]，尽平沙霜信，吹上僧衣。凭高一声弹指[18]，天地入斜晖。已隔断尘喧[19]。门前弄月渔艇归。

1."辛丑"，康熙六十年（1721）。　2."西堰桥"，地点不详，疑距西湖灵隐山不远。　3."秦亭"，山名，在灵隐山后约一里。"法华"，秦亭山的分脉。　4."缟目"，满眼白色。　5."绝去世俗营竞所在"，忘掉功名利禄。　6."西溪"，在灵隐山西北松木场水口，南距秦亭约十里。　7."溯溪"三句：放舟的开始。自溪云、岸树、远山，渐向远望。　8."秋眉"，秋山如眉。　9."一片"三句：岸边芦花引人领略秋色。　10."载雪"，芦花白如覆雪。　11."碕"，音 qí，岸边。　12."楚天"二句：在领略秋色中，俯仰天地，检点旧愁，愁使鬓上生出白发。　13."浦溆"，水滨。　14."禅扉"，僧舍，即序中秋雪庵。　15."坐雁"句：焚香默坐，听雁自天空飞去。　16."蛩外"句：将诗谱入琴曲中，琴声于蛩声外别成音响。　17."又送"三句：芦苇风起，使人从衣襟上感到霜将降落的薄寒。　18."一声弹指"，如言一刹那。"弹指"，佛家语，比喻时间的短暂。　19."已隔"句：幽静如在世外，不为尘世的喧哗所搅扰。

郑　燮

郑燮（1693—1766），字克柔，号板桥，兴化（今江苏兴化）人。早年落拓不偶，清高宗乾隆元年（1736）始中进士，官山东范县、潍县知县。他是著名书画家。诗敢于正视现实，同情人民疾苦，质朴泼辣，体现作者正直倔强的性格。有《郑板桥集》。

姑　恶[1]

古诗云："姑恶[2]，姑恶，姑不恶，妾命薄。"可谓忠厚之至，得《三百篇》遗意矣[3]。然为姑者，岂有悛悔哉[4]？因复作一篇，极形其状，以为激劝焉。

小妇年十二[5]，辞家事翁姑。未知伉俪情，以哥呼阿夫；两小各羞态，欲言先嗫嚅[6]。

翁令处闺阁[7]，但作新流苏[8]。姑令杂作苦[9]，持刀入中厨[10]。

切肉不成块，礧魂登盘箪[11]；作羹不成味，酸辣无别殊；析薪纤
手破，执热十指枯。翁曰："是幼小，教导当徐徐。"姑曰："幼不
教，长大谁管拘？恃其桀傲性[12]，将欺颓老躯[13]；恃其骄纵资[14]，
吾儿将伏蒲[15]。"今日肆詈辱[16]，明日鞭挞具。五日无完衣[17]，
十日无完肤。吞声向暗壁，啾唧微叹吁。姑云是诅咒，执杖
持刀锯[18]。"汝肉尚可切，颇肥未为癯；汝头尚有发，薅尽为
秋壶[19]。与汝不同生，汝活吾命殂。"鸠盘老形貌[20]，努目真
凶屠[21]。阿夫略顾视，便嗔羞耻无；阿翁略劝慰，便嗔昏老奴；
邻舍略探问，便嗔何与渠[22]？

嗟嗟贫家女[23]，何不投江湖？江湖饱鱼鳖，免受此毒荼[24]。
嗟哉天听卑[25]，岂不闻怨呼？人间为小妇，沉痛结冤诬。饱食偿
一刀，愿作牛羊猪。岂无父母来？洗泪饰欢娱[26]；岂无兄弟问？
忍痛称姑劬[27]。疤痕掩破襟，秃发云病疏[28]，一言及姑恶[29]，生
命无须臾。

1. 姑恶是一种水鸟，相传它是为姑虐待而死的妇女变成的，所以它的啼
声如"姑恶"。诗以此为题，意取双关；作于乾隆十年（1745），作者在
范县时。　2."姑恶"四句：见苏轼《五禽言》第五首。　3."得《三百
篇》遗意"句：《礼记·经解》有"温柔敦厚，《诗》教也"，所以说这四
句能继承《诗经》的精神。　4."悛"，音 quān，改过。　5.这段写小
媳妇的天真稚气。　6."嗫嚅"，欲言而不敢言。　7.这段写小媳妇所
受的虐待。　8."流苏"，旗、帐一类东西的穗子，这里泛指细巧的针线
活。　9."姑令"句：婆婆教她做各种苦活。"作苦"，劳动辛苦。　10."中
厨"，即厨中。　11."礧魂"，借用山石的错落不平，形容肉块不整

齐。"盘簠"，泛指食器。"簠"，音 fǔ，古代祭祀燕享时盛稻粱的方形器皿。　12."桀傲"，同"桀骜"，暴戾不驯。　13."颓老"，如言衰老。　14."资"，天生的材质。　15."伏蒲"，即蒲伏、匍匐，爬行。　16."今日"二句：是说每天不被骂便挨打。"詈"，音 lì，骂。　17."五日"二句：是说经常被打得衣破体伤。　18."刀铻"，如言刀剑。"铻"，音 wú，锟铻，古名剑。　19."薅"，音 hāo，拔除。"秋壶"，秋葫芦。　20."鸠盘"句：言姑貌丑。"鸠盘"，即鸠盘茶，恶鬼名，貌极丑，常用以喻丑妇。　21."努目"，怒目。　22."何与渠"，与她有何关系。　23.这段用小媳妇的自述，写她的悲愤心情。　24."毒荼"，如言荼毒，苦难。　25."天听卑"，天虽高但应听下民的申诉。　26."饰欢娱"，假装欢笑。　27."劬"，音 qú，勤劳。　28."云病疏"，说是因病而掉得这样稀少。　29."一言"二句：点明不言姑恶的苦衷。

潍县署中画竹，呈年伯包大中丞括[1]

衙斋卧听萧萧竹[2]，疑是民间疾苦声；些小吾曹州县吏，一枝一叶总关情[3]。

1."潍县"，今山东潍坊。包括，钱塘人，曾任山东布政使，署理巡抚。诗可能作于乾隆十一、十二年（1746、1747），作者任潍县知县时。　2."衙斋"，官署中的书房。　3."关情"，如言关心。

竹 石¹

咬定青山不放松，立根原在破岩中。千磨万击还坚劲²，任尔东西南北风。

1.诗为题画而作。在赞美岩竹的坚定、顽强中，隐寓作者风骨的刚劲。　2."磨"，磨折。

袁 枚

袁枚（1716—1798），字子才，号简斋，钱塘（今浙江杭州）人。清高宗乾隆四年（1739），他以进士授翰林院庶吉士，后在溧水、江宁诸地做县官，未十年即退居江宁。为人通脱放任，耽爱山水、园林与生活的物质享受，但对正统思想有时却敢非议；与晚明袁宏道、张岱诸人有近似处。

袁枚是清中叶负盛名的诗人。他论诗反拟古，主"性灵"，提倡写个人的性情、遭际与灵感。这种主张在当时无疑是对封建正统文学观念的冲击，但也有片面性。他的诗空灵、流利、新巧，确是从作者灵感中来；所写者多是士大夫的闲情逸致，也出于作者的遭际，可是因缺少关系民瘼的内容，便难扣人心弦。此外，滑易轻浮也是一病。有《小仓山房诗文集》。

咏史 [1]（六首选一）

东汉耻机权，君子多硁硁 [2]。悲哉陈与窦 [3]，谋疏功不成 [4]。其时凉州反 [5]，有人颁《孝经》；意欲口打贼，贼闻笑不胜。虽无补国家，尚未远人情。一变至南宋 [6]，佛行而儒名。希哲学主静 [7]，人死不闻声 [8]。魏公败符离 [9]，自夸心学精，杀人三十万，于心不曾惊。似此称理学 [10]，何处托生灵 [11]。呜呼孔与孟 [12]，九泉涕沾缨。

1. 诗讽刺汉末名士的迂阔，抨击南宋理学家的矫情；论据有失实处，但论点有一定进步性。作期在乾隆十二年（1747）。　2. "硁硁"，固执迂阔的样子。"硁"，音 kēng。　3. "悲哉"二句：硁硁之失的一例。"陈与窦"，陈蕃与窦武。灵帝时，陈蕃为太傅，封高阳侯。窦武以外戚为大将军，与陈共参政事，皆当时名士领袖。　4. "谋疏"，时宦者曹节、王甫等专横乱政，陈窦欲诛曹王，因计谋不周密，反为宦官所杀（参看《后汉书·陈蕃传》《后汉书·窦武传》）。5. "其时"二句：硁硁之失的又一例。灵帝时，向栩为侍中。黄巾起义，他认为"遣将于河上，北向读《孝经》，贼自当消灭"（参看《后汉书·向栩传》）。　6. "一变"二句：讥南宋理学窃取佛学。实际上北宋已如此。　7. "希哲"，希望成为圣贤。"主静"，主张心不妄动，认为静坐可以养心。　8. "不闻声"，无动于衷，全不闻问。　9. "魏公"四句：以张浚事为例，说明南宋理学家的不良影响。张浚，宋孝宗时为枢密使，督江淮军，封魏国公。隆兴元年（1163），为金败于符离。南宋四朝史《张魏公列传》说："符离军溃，公方鼻息如雷，此是心学。"（参看《齐东野语·张魏公三战本末略》附语）袁诗当指此。　10."心学""理学"，前者以陆九渊为代表，后者以程朱为代表。这里的"理学"是广义的。　11."何处"句：生灵将无所依托，意即对人类无好处。"生灵"，生民。　12."呜呼"二句：是说宋儒称述孔孟，实乃背叛孔孟，孔孟将因此伤心落泪。

箴作诗者[1]

倚马休夸速藻佳[2]，相如终竟压邹枚[3]。物须见少方为贵，诗到能迟转是才。清角声高非易奏[4]，优昙花好不轻开[5]。须知极乐神仙境[6]，修炼多从苦处来。

1."箴"，规诫，戒作诗求速成。诗作于乾隆三十八年（1773）。　2."倚马"，用东晋袁宏倚马作露布（古代的一种文书）事。　3."相如"句：用司马相如事证明"速藻"之所以不足夸。《汉书·枚皋传》："司马相如善为文而迟，故所作少而善于皋。""邹枚"，邹阳与枚皋，都是西汉赋家。　4."清角"二句：以音乐与花为喻，说明杰作不易得。"清角"，乐调名，相传黄帝合鬼神于泰山，作清角。演奏清角的情况是："一奏而有玄云从西北方起；再奏之，大风至，大雨随之；裂帷幕，破俎豆，隳廊瓦。"（参看《韩非子·十过》）5."优昙"，优昙钵花，俗谓昙花，花美易残，因有"昙花一现"之说。　6."须知"二句：以佛、仙喻作诗，成功必须苦炼。"极乐"，佛家语，极乐世界。

仿元遗山论诗 [1]（四十二首选一）

不相菲薄不相师，公道持论我最知；一代正宗才力薄，望溪文集阮亭诗 [2]。

1. "元遗山"，即元好问，有《论诗三十首》。组诗作于乾隆四十六年（1781）。这首据自注是论王士禛的。　2. "望溪"句：《随园诗话》卷二："阮亭先生，自是一代名家。惜誉之者既过其实，而毁之者亦损其真。须知先生才本清雅，气少排奡，为王、孟、韦、柳则有余，为李、杜、韩、苏则不足也。"又："本朝古文之有方望溪，犹诗之有阮亭，俱为一代正宗，而才力自薄。"

到石梁观瀑布 [1]

天风肃肃衣裳飘 [2]，人声渐小滩声骄。知是天台古石桥 [3]。一龙独跨山之凹，高耸脊背横伸腰，其下嵌空走怒涛 [4]。涛水来从华顶遥 [5]，分为左右瀑两条，到此收束群流交。五叠六叠势益高，一落千丈声怒号。如旗如布如狂蛟，非雷非电非笙匏 [6]。银河飞落青松梢 [7]，素车白马云中跑 [8]。势急欲下石阻挠，回澜怒立猛欲跳。逄逄布鼓雷门敲 [9]，水犀军向皋兰鏖 [10]，三千组练挥银刀 [11]，四川崖壁齐动摇。伟哉铜殿造前朝，五百罗汉如相招 [12]。我本钱塘儿弄潮 [13]，到此使人意也消，心花怒开神理超。高枕龙背持其尻，上视下视行周遭；其奈泠泠雨溅袍，天风吹人立不牢。北宫虽勇目已逃[14]，恍如子在齐闻韶[15]。不图为乐如斯妙，得坐一刻胜千朝。安得将身化巨鳌，看他万古长滔滔！

1."石梁"，浙江天台山的石桥。诗成于乾隆四十七年（1782），作者游天台时。 2."肃肃"，疾。 3."古石桥"，晋孙绰《游天台山赋》已写石桥，故言古。 4."嵌空"，深空。 5."华顶"，天台山主峰，在浙江天台北。 6."笙匏"，匏为八音之一，笙属之，故称笙匏。"匏"，音páo。 7."银河"句：以天河为喻。李白《望庐山瀑布》有"疑是银河落九天"。 8."素车白马"，枚乘《七发》写水有"如素车白马帷盖之张"。 9."逢逢"句：瀑布声响如鼓。"逢逢"，音péngpéng，鼓声。《汉书·王尊传》："毋持布鼓过雷门。"注："雷门，会稽城门也。有大鼓，越击此鼓，声闻洛阳。布鼓，谓以布为鼓，故无声。"这里布鼓泛指鼓。 10."水犀"，穿水犀甲的军队。"皋兰"，山名，在甘肃兰州市南，汉霍去病曾与匈奴鏖战于皋兰山下。 11."组练"，古代士卒的战服，皆白色，引申而为穿这样战服的军队。 12."罗汉"，佛家语，即阿罗汉，指能断尽三界一切见思惑的圣者。 13."我本"句：作者为钱塘人，钱塘江每年八月有大潮，故云。"儿弄潮"，弄潮儿。唐李益《江南曲》有"早知潮有信，嫁与弄潮儿"。 14."北宫"句:《孟子·公孙丑上》有"北宫黝之养勇也，不肤挠，不目逃"，袁诗反用其意。 15."恍如"句:《论语·述而》有"子在齐闻《韶》，三月不知肉味"，又《论语·八佾》有"子谓《韶》尽美矣，又尽善也"。

蒋士铨

蒋士铨（1725—1785），字心馀，铅山（今江西铅山）人。初以举人任内阁中书，清高宗乾隆二十二年（1757）成进士，为翰林院编修，后以养母南归，为书院山长。他论诗主张唐宋并师，反对片面追求格调与辞藻。作品兼有浑厚奔放。有《忠雅堂诗文集》。

远游[1]（二首选一）

初日照林莽，积霭生庭闱。长跪拜慈母[2]，有泪不敢垂。"连年客道路[3]，儿生未远离；力学既苦晚[4]，可复无常师[5]？负籍出门去，白日东西驰；远游幸有方[6]，母心休念之。儿食有齑粉[7]，母毋念儿饥；儿服有敝裘，母毋念儿衣。倚闾勿盼望，岁暮儿当归。"俯首听儿言，丁宁语儿知。小妹不解事，视母为笑嘻[8]。新妇亦善愁[9]，含泪无言词。繁忧未能语[10]，匪但离别悲[11]。父车既已驾，我复行迟迟。岂无寸草心[12]，珍重三春晖[13]。仰看林间乌，绕树哑哑飞。

1. 乾隆十一年（1746），蒋士铨中秀才，学使金枪门令随他出游。诗即作于此时。　2．"慈母"，蒋士铨幼年从母受《四书》与唐诗。母姓钟，著《柴车倦游集》。　3．"连年"二句：清世宗雍正十三年（1735），作者父蒋坚携妻、子游他乡，至乾隆十一年，方还故里铅山。　4．"力学"二句：说明远游原因。　5．"无常师"，无固定的老师。《尚书·咸有一德》有"德无常师"。蒋诗用此而意异。　6．"有方"，有一定的地方。《论诗·里仁》："父母在，不远游，游必有方。"蒋诗本此。　7．"齑"，音 jī，咸菜。　8．"视母"句：见母喜便笑，见母悲便啼。　9．"新妇"，乾隆十年，蒋结婚。"善愁"，易愁。　10．"繁忧"，多种忧虑。　11．"匪但"，不但。　12．"岂无"二句：是说有报母恩的孝心。孟郊《游子吟》："谁言寸草心，报得三春晖。"蒋诗由此而反用。　13．"三春晖"，春天的和煦日光，这里比喻父母的恩情。

到家 [1]（六首选一）

父饮亦既醉 [2]，就寝先自息；戒儿勿坐久，晨起诣父执 [3]。阿娘常少睡，问讯继相及 [4]。谓"娘无别虑，寒暑恐儿疾。书来儿未归，梦儿儿讵识 [5]？望儿不欲梦，梦复与儿值 [6]。壮游岂不好，我生仅汝一。思汝每自恨，反怪汝性急。汝归我已欢，汝听勿转悲。"仆婢立渐近，童稚不复匿 [7]；欲语未便吐，含笑候颜色；嘈杂良可爱 [8]，真气出胸臆 [9]。烛尽母亦倦，有梦儿莫觅 [10]。

1．乾隆十二年（1747），作者游杭州、苏州、扬州、江宁诸地，次年返家，诗即此时作。　2．"亦既醉"，即既醉。"亦"，语助词。　3．"父执"，父亲的挚友。　4．"问讯"句：继续谈问。　5．"讵识"，岂知。　6．"值"，遇。　7．"稚"，音 zhì，同"稚"。"不复匿"，到家稍久，童稚渐熟，便不再躲避。 8.“嘈杂”，指仆婢、儿童等人的语声。 9.“真气”，真诚之气。 10.“儿莫觅”，莫觅儿。为协韵，故“儿”“觅”倒装。

鸡毛房[1]

冰天雪地风如虎，裸而泣者无栖所。黄昏万语乞三钱，鸡毛房中买一眠。牛宫豕栅略相似[2]。禾秆黍秸谁与致[3]？鸡毛作茵厚铺地[4]，还用鸡毛织成被。从横枕籍鼾齁满[5]，秽气熏蒸人气暖；安神同梦比闺房[6]，挟纩帷毡过燠馆[7]。腹背生羽不可翔，向风脱落肌粟高[8]；天明出街寒虫号[9]，自恨不如鸡有毛。吁嗟乎！今夜三钱乞不得[10]，明日官来布恩德[11]，柳木棺中长寝息。

1.“鸡毛房”，北京无家贫民夜宿取暖的小店。诗作于乾隆二十五年（1760）作者任翰林院编修时，为《京师乐府词十六首》之一。 2.“牛宫”，牛棚。 3.“谁与致”，无人给弄来。 4.“茵”，垫子。 5.“鼾齁满”，房里充满鼻息声。“齁”，音 hōu。 6.“安神”句：是说房中住客心神安适，如在内房夫妇同眠。“同梦”，指夫妇的爱悦。 7.“挟纩”句：是说比在暖房里挟丝绵、下毡帐更暖。“挟纩”，用《左传》宣公十二年楚王冬日巡抚三军故事。“燠馆”，唐裴度于洛阳别墅筑“燠馆凉台”（参看《唐书·裴度传》）。 8.“肌粟”，皮肤因受寒生小疙瘩。 9.“寒虫号”，像号寒虫那样叫。 10.“今夜”三句：意思是住鸡毛房也须有钱，讨不来钱，势必冻死。 11.“布”，施。

缝穷妇 [1]

　　独客衣单襟露肘 [2]，雪中冻裂缝裳手；檐风吹面身坐地，儿女争开啼哭口。夫难养妇力自任，生涯十指凭一针；狂且或动桑濮想 [3]，荡子戏掷秋胡金 [4]。君不见，红粉云鬟住深院，双手不亲针与钱；笑他女儿性癖习女红 [5]，穷人当缝穷。

1. "缝穷妇"，街头巷尾为人补衣服的贫苦妇女。诗也是《京师乐府词十六首》之一。　　2. "独客"，独身男子。　　3. "狂且"二句：是说轻狂放荡的人妄想用金钱诱骗、侮辱她。"狂且"，即狂，指轻狂的人。"且"，音 jū，语助词。《诗经·郑风·山有扶苏》有"乃见狂且"。"桑濮"，桑间、濮上。《汉书·地理志》："卫地有桑间、濮上之阻，男女亦亟聚会，声色生焉。"后世常用以指风俗淫靡的地方。　　4. "秋胡金"，春秋时，鲁秋胡曾以金诱路旁采桑妇，妇坚拒；后归家，方知所诱惑的人正是自己的妻子（参看《烈女传·鲁秋洁妇》）。　　5. "笑他"二句：富贵家妇女讥笑别人学针线活，认为穷人缝穷是命定的。

赵　翼

　　赵翼（1727—1814），字雲崧，阳湖（今江苏常州）人。家清寒，进秀才后，在京为达官家塾师，或司笔札。清高宗乾隆二十六年（1761）始中进士，为翰林院编修。后任镇安、广州知府，终贵西兵备道。晚年家居，讲学著述。他以诗人兼学者，政治经历也较丰富。政治、文学的见解往往以诗表达，反映灾荒，讽刺世态，均有佳作；但喜颂"圣"，是严重缺点。诗风开朗畅达，而时见雄肆。有《瓯北全集》。

套　驹[1]

儿驹三岁未受羁[2]，不知身要为人骑；跳梁川谷龁原野[3]，狂嘶憨走如骄儿。驱来营前不鞍鞯，掉尾呼群共游戏[4]；傍看他马困鞦靮[5]，自以萧闲矜得意[6]。谁何健者番少年[7]，手持长竿不持鞭；竿头有绳作圈套，可以络马使就牵。别乘一骑入其队，儿驹见之欲惊溃；一竿早系驹首来，舍所乘马跨其背。可怜此驹那肯縶[8]，愕跳而起如人立；如人直立人转横，人骖而骑势真急[9]。两足夹无殳上钩[10]，一身簸若箕前粒[11]，左旋右折上下掀，短衣乱翻露裤褶[12]。握鬃伏鬣何晏然，衔勒早向驹口穿，才穿便觉气降伏，弭帖随人为转旋[13]。由来此物供人走，教驯非夸好身手[14]；骤旋不嫌令太速[15]，利导贵因性固有。

1. 乾隆二十一年（1756），作者从清帝至木兰围场。围场在今河北围场，极广阔。清帝至，蒙古诸藩皆从。诗为《行围即景》之一，作于二十二年（1757），当是追忆之辞。它称美蒙古族人民的矫健勇敢，与驯马技术的奇绝。　2."儿驹"，小牡马。　3."跳梁"，跳掷。"龁"，音 hé，咬。　4."掉"，摇。　5."鞦"，音 qiū，络在马股后的皮带。"靮"，音 dí，马缰。　6."矜"，自夸。　7."谁何"句：矫健的人是谁？是北方民族的少年。"谁何"，二字同义并用，即什么人。　8."絷"，音 zhí，绊系。　9."骣而骑"，骑马而不加鞍辔。"骣"，音 zhǎn。　10."殳"，音 shū，戟柄。"钩"，指殳上的分枝。　11."簸"，摇动。　12."袴褶"，古代戎衣的别名。"褶"，音 xí。　13."弭帖"，如言帖服。　14."駣"，音 táo，三岁的马。　15."骤旋"二句：说明套驹的人成功的原因，并推论用人处事的方法。

暮夜醉归入寝门，似闻亡儿病中气息，知其魂尚为我候门也[1]（二首选一）

帘钩风动月西斜，仿佛幽魂尚在家；呼到夜深仍不应，一灯如豆落寒花[2]。

1.乾隆三十一年（1766）六月，赵子耆瑞殇，诗即此时作。　2."落寒花"，灯花爆落。

论诗[1]（五首选一）

李杜诗篇万口传，至今已觉不新鲜；江山代有才人出[2]，各领风骚数百年³。

1.组诗约作于乾隆四十九年（1784），这首论诗因时代而变。　2."江山"，如言天地间。　3."领风骚"，为诗坛领袖，开一代风气。

读书所见（六首选二）

其一¹

后人观古书，每随己境地²。譬如广场中，环看高台戏。矮人在平地，举头仰而企³。危楼有凭槛，刘桢方平视⁴。做戏非有殊，看戏乃各异。矮人看戏归，自谓见仔细；楼上人闻之，不觉笑欻鼻⁵。

1.组诗作于乾隆五十一年（1786）。　2.诗写读书的感想，指出由于读者的思想认识不同，所以读后的心得体会各异。《瓯北诗钞》收在组诗《闲居读书作》中，兹据《瓯北全集》。　3."企"，提起脚跟。　4."刘桢"句：魏文帝曹丕为太子时，招宴刘桢诸人，并命夫人甄氏出拜，"坐中众人咸伏，而桢独平视"（参看《三国志·魏志·王粲传》注）。"平视"，面对面直看。　5."欻鼻"，因失笑而打喷嚏。"欻"，与"喷"同。

其二¹

何处夫己氏²，作吏印悬肘；望门计民赀³，掩取鱼入笱⁴。鸣呼百金产⁵，中人岂易有！饥肠忍吼牛⁶，劳筋羡眠狗；铢铢积数世[7]，方期保敝帚[8]。一朝威攫之，空空剩两手。竭彼祖父力，贻我子孙守[9]；天道果有知，此物可能久？

1. 诗谴责官吏搜刮民财，但以天道作警戒，是其局限性。 2. "夫己氏"，不欲明指，只说某人，有轻视意。《左传》文公十四年，"终不曰公，曰夫己氏"。 3. "望门"二句：官吏看到民家的门，便计算各家资财，从而攫为己有。 4. "掩取"，出其不意地袭取。"笱"，音gǒu，捕鱼用的竹篓。 5. "百金产"，不太大的财产。 6. "饥肠"二句：申述得百金产的困难。 7. "铢"，一两的二十四分之一。 8. "保敝帚"，珍重地保存着。曹丕《典论·论文》："里语曰：'家有敝帚，享之千金。'"赵诗本此。 9. "我"，指贪官。

黄景仁

　　黄景仁（1749—1783），字仲则，武进（今江苏常州）人。少孤家贫，少年时即为衣食奔走。清高宗乾隆四十五年（1780）游江南，召试，中二等，未补官而卒。他富有才情，诗多名句，风格有时接近李白或李商隐；但内容窄狭，基本是为个人的穷愁愤懑而发，所以俊逸而不深厚。有《两当轩集》。

杂 感 [1]

仙佛茫茫两未成 [2]，只知独夜不平鸣。风蓬飘尽悲歌气 [3]，泥絮沾来薄幸名 [4]。十有九人堪白眼 [5]，百无一用是书生 [6]。莫因诗卷愁成谶 [7]，春鸟秋虫自作声 [8]。

1. 诗写愤世、自伤的心情，作于乾隆三十二年（1767）前后。　2.“仙佛”二句：是说身既不能成仙作佛，深夜独处，便赋诗抒愤。　3.“风蓬”二句：慷慨悲歌的豪气已因身世落魄而消磨净尽；未有情遇，却被视为薄幸。“风蓬”，喻飘流无定。　4.“泥絮”，即沾泥絮。北宋僧人道潜《口占绝句》有“禅心已作沾泥絮，不逐东风上下狂”。　5.“十有”句：所遇的人几无可当意的。　6.“书生”，作者自谓。　7.“莫因”句：自注“或戒以吟苦非福，谢之而已”。　8.“春鸟”句：韩愈《送孟东野序》：“以鸟鸣春，以雷鸣夏，以虫鸣秋，以风鸣冬，四时之相推敚，其必有不得其平者乎？”黄诗本此，与次句相应。

绮怀 [1]（十六首选一）

露槛星房各悄然 [2]，江湖秋枕当游仙 [3]。有情皓月怜孤影 [4]，无赖闲花照独眠。结束铅华归少作 [5]，屏除丝竹入中年 [6]。茫茫来日愁如海 [7]，寄语羲和快著鞭 [8]。

1．"绮怀"如言丽情。本写男女间事，但也寄托感慨。这首结束组诗，表示不再为闲情枉费心力。作期在乾隆四十年（1775）。　2．"露槛"二句：是说夜深人静，彼此不相往还，将幽期艳遇托之梦里。　3．"游仙"，如言会真。不愿明言情事，而假托与仙人游。　4．"有情"二句：纵然有月有花，却孤独地生活。　5．"结束"句：有关风情的篇章都归之少作，今后不再继续。"铅华"，指浮艳的文字。"少作"，用扬雄悔其少作故事（参看《法言·吾子》）。　6．"屏除"句：反用谢安、王羲之语。《世说新语·言语》："谢太傅语王右军曰：'中年伤于哀乐，与亲友别，辄作数日恶。'王曰：'年在桑榆，自然至此，正赖丝竹陶写。'"　7．"茫茫"二句：瞻望将来愁苦正多，唯有希望时间快过。　8．"羲和"，古神话中给太阳赶车的。

圈虎行[1]

　　都门岁首陈百技，鱼龙怪兽罕不备；何物市上游手儿[2]，役使山君作儿戏[3]。初舁虎圈来广场，倾城观者如堵墙；四周立栅牵虎出，毛拳耳戢气不扬[4]。先撩虎须虎犹帖[5]，以桴卓地虎人立[6]；人呼虎吼声如雷，牙爪丛中奋身入。虎口呀开大如牛[7]，人转从容探以手；更脱头颅抵虎口，以头饲虎虎不受，虎舌舔人如舔瞉[8]。忽按虎脊叱使行，虎便逡巡绕阑走。翻身踞地蹴冻尘[9]，浑身抖开花锦茵[10]；盘回舞势学胡旋[11]，似张虎威实媚人。少焉仰卧若佯死，投之以肉霍然起；观者一笑争醵钱[12]，人既得钱虎摇尾。仍驱入圈负以趋，此间乐亦忘山居[13]。依人虎任人颐使[14]，伴虎人皆虎唾余。我观此状气消沮：嗟尔斑奴亦何苦[15]！不能决蹯尔不智[16]，不能破槛尔不武。此曹一生衣食汝，彼岂有力如中黄[17]，复似梁鸯能喜怒[18]。汝得残餐究奚补？伥鬼羞颜亦更主[19]；旧山同伴倘相逢，笑尔行藏不如鼠[20]。

1. 诗作于乾隆四十五年（1780），写杂技实以讽世。凡因名位利禄，降志辱身，任人摆布的人，皆与圈虎相类。　2. "何物"，表示惊异赞叹。《晋书·王衍传》有"何物老妪生宁馨儿"。　3. "山君"，虎。　4. "戢"，收敛。　5. "帖"，驯服。　6. "棓"，棒。"卓地"，立在地上。　7. "呀"，形容张口。　8. "彀"，音 gòu，乳。　9. "蹴"，踢。"冻尘"，时在正月，北方尘土仍冻结。　10. "花锦茵"，比喻虎毛的美好。　11. "胡旋"，胡旋舞。舞者于小球上，纵横腾踏，足不离球（参看《乐府杂录》）。　12. "醵"，音 jù，敛聚金钱。　13. "此间乐"，蜀亡，后主刘禅降魏，司马昭问他："颇思蜀否？"他说："此间乐，不思蜀。"（参看《三国志·蜀志·后主传》注）14. "颐使"，口不言，只动颐示意。"颐"，面颊。　15. "斑奴"，指虎。　16. "决蹯"，《战国策·赵策》："人有置系蹄者，而得虎；虎怒，决蹯而去。虎之情非不爱其蹯也，然而不以环寸之蹯，害七尺之躯者，权也。""决"，绝。"蹯"，音 fán，兽足。　17. "中黄"，古勇士，能用左右手执貜搏虎（参看《尸子》卷下）。　18. "梁鸯"，周宣王时人，"能养野禽兽，委食于园庭之内，虽虎、狼、雕、鹗之类，无不柔者"（《列子·黄帝》）。　19. "伥鬼"句：伥鬼将以你的行为可耻而更换主人。"伥鬼"，相传人死于虎，便为伥鬼，导虎而行，更食他人。　20. "行藏"，行止，行为。

张惠言

张惠言（1761—1802），字皋文，武进（今江苏常州）人。清仁宗嘉庆四年（1799）进士，官翰林院编修。他论词主张比兴寄托，取法《风》《骚》。词风俊逸而深沉，但在思想内容上并无过人处。有《茗柯词》。

水调歌头 [1]（五首选一）

今日非昨日，明日复何如？蝎来真悔何事 [2]，不读十年书。为问东风吹老 [3]，几度枫江兰径，千里转平芜？寂寞斜阳外 [4]，渺渺正愁予！　　千古意 [5]，君知否？只斯须。名山料理身后 [6]，也算古人愚。一夜庭前绿遍 [7]，三月雨中红透，天地入吾庐。容易众芳歇 [8]，莫听子规呼。

---

1. 组词的总题是"春日赋示杨生子揆"。这首写如何把握、享有易逝的时间，语虽旷达，心实苦闷。　2. "蝎来"，尔来，迄今。　3. "为问"三句：从气候给予草木的变化，慨叹去日苦多。　4. "寂寞"二句：由于去日苦多，故对落日生愁。　5. "千古"三句：应知千古不过须臾。　6. "名山"二句：准备以著述传世，也是古人不明达处。"名山"，司马迁《报任安书》

有"仆诚以著此书，藏之名山"。 7. "一夜"三句：当芳草盈庭，好花带雨的时候，天地已全部纳入我们的庐舍里。 8. "容易"二句：意思是好春难长，应及时行乐。

失　名

寄生草

　　濛淞雨儿点点下[1]，偏偏情人不在家；若在家任凭老天下多大[2]。劝老天住住雨儿教他回来罢。沦湿了衣裳事小[3]，冻坏了情人事大。常言说：黄金有价人无价。

1. "濛淞雨儿"，毛毛雨。　2. "任凭"，随。　3. "沦"，淋。俗语读"淋"如"沦"，水浇。

寄生草[1]

　　情人送奴一把扇，一面是水一面是山。画的山层层叠叠真好看，画的水曲曲湾湾流不断。山靠水来水靠山。山要离别，除非山崩水流断！

1.用山水的相环绕，比喻情人的相爱。

马头调

　　不认的粮船呵呵笑[1]，谁家的棺材在水面上飘[2]。引魂幡[3]，飘飘摇摇，在空中吊；上写着："钦命江西督粮道。"孝子贤孙[4]，手打着哀蒿[5]。送殡的人[6]，个个都是麻绳套[7]；齐举哀[8]，不见那个把泪掉。

1."粮船"，这里指清代运河中航行的漕运船舶。它们所运载的漕粮都是统治者从各地征敛来的农民劳动果实，所以引起人民咒骂。　2."棺材"，由于愤恨，所以被人民咒骂。　3."引魂幡"，送葬时孝子所执的纸旗。这里指粮船上插的旗子。　4."孝子"句：指押运漕粮的官吏、兵丁。　5."哀蒿"，送葬时孝子及其家属所执的哭丧棒。这里指押运人员所拿的武器或其他器械。　6."送殡"句：指拉纤的人。　7."麻绳"，纤。　8."举哀"，丧仪中高声哭泣以示哀悼。这里指拉纤的人劳动时唱的"号子"。

马头调·带靶[1]

　　鸦片烟儿真奇怪，（土里熬出来[2]。）吃烟的人儿，脸上挂着一个送命的招牌，（丢又丢不开。）引来了鼻子眼泪往下盖[3]，（叫人好难挨。）没奈何，把那心爱的东西拿了去卖，（忙把灯来开[4]。）过了一刻，他的身子爽快，（又过这一灾。）想当初，那样的精神今何在？（身子瘦如柴！）早知道，这害人的东西，何必将他爱？（实在顽不开[5]！）

1.“带靶”，马头调的一种格调。“靶”或写作“把”，是一种拖腔带白曲。　2.“土”，未制成膏的鸦片。　3.“引”，应是“瘾”之误。“盖”，遮掩。形容鼻涕眼泪之多。　4.“灯”，烧烟用的灯。　5.“顽不开”，无利，不合算，北京俗语。

近 代

张维屏

张维屏（1780—1859），字子树，广东番禺（今广东广州）人。清宣宗道光初进士，官至南康知府。他少有诗名，早期的创作便注意到人民的疾苦；鸦片战争时的反侵略斗争，使他的诗获得抗敌御侮的新主题、新情感，从而发出前此未有的新光彩。有《松心诗集》。

新 雷[1]

造物无言却有情[2]，每于寒尽觉春生；千红万紫安排著，只待新雷第一声。

1.诗写对阳春将到的喜悦；以自然喻人事，言外意可能是渴望社会新变的到来。作期约在道光二年（1822）春初。　2."造物"句:《论语·阳货》

有“天何言哉，四时行焉，百物生焉”，张诗本此。“造物”，指天。

三元里[1]

三元里前声若雷，千众万众同时来；因义生愤愤生勇，乡民合力强徒摧。家家田庐须保卫，不待鼓声群作气[2]；妇女齐心亦健儿，犁锄在手皆兵器。乡分远近旗斑斓[3]，什队百队沿溪山。众夷相视忽变色：“黑旗死仗难生还[4]！”夷兵所恃惟枪炮，人心合处天心到，晴空骤雨忽倾盆，凶夷无所施其暴。岂特火器无所施，夷足不惯行滑泥；下者田塍苦踯躅[5]，高者冈阜愁颠挤[6]。中有夷酋貌尤丑[7]，象皮作甲裹身厚。一戈已揕长狄喉[8]，十日犹悬郅支首[9]。纷然欲遁无双翅，歼厥渠魁真易事[10]；不解何由巨网开[11]，枯鱼竟得攸然逝[12]。魏绛和戎且解忧[13]，风人慷慨赋同仇[14]，如何全盛金瓯日[15]，却类金缯岁币谋[16]？

1. 道光二十一年（1841）五月，英国侵略军劫掠广州近郊，被以三元里人民为中心的平英团击溃。诗人饱含着激情歌颂这一具有历史意义的中国人民反抗侵略的壮举。作期即在同年。 2.“鼓声”句：《左传》庄公十年有“夫战，勇气也，一鼓作气”，张诗本此而反用。 3.“旗斑斓”，旗帜不一，彩色缤纷。 4. 自注：“夷打死仗则用黑旗，适有执神庙七星旗者，夷惊曰：‘打死仗者至矣！’” 5.“下者”句：在下边的人因田间路滑，无法走动。“塍”，音 chéng，田间的界路。“踯躅”，这里形容走路艰难。 6.“高者”句：在高处的人怕跌下来。“颠挤”，应作“颠陭”，如言坠落，《尚书·微子》有"告予颠隮"。　7."夷酋"，指英侵略军军官。"貌尤丑"，梁廷枏《夷氛闻记》卷三："伯麦身肥体健，首大如斗。"　8."一戈"二句：军官伯麦等被刺死，悬首数日。"撞长狄喉"，《左传》文公十一年："获长狄侨如，富父终甥撞其喉以戈，杀之。""撞"，音chōng，捣。"长狄"，古时北狄的一种。　9."悬郅支首"，汉元帝时，都护甘延寿等杀匈奴郅支骨都侯单于，悬首于长安藁街。"郅"，音zhì。　10."渠魁"，首领。　11."不解"二句：指清政府派广州知府余保纯赴三元里为英侵略军解围。　12."攸然逝"，形容鱼迅速游到水的深处。　13."魏绛"句：指清投降派议和事。"魏绛"，春秋时晋大夫，主和戎。他以为晋国新受诸侯拥护，不应因伐戎而分散力量；而且与戎和解，可加强晋在诸侯中的威望（参看《左传》襄公四年）。　14."风人"，《诗经·国风》的作者，这里指诗人。"同仇"，《诗经·秦风·无衣》有"修我戈矛，与子同仇"。　15."如何"二句：斥责投降派在可获胜利的情况下对敌纳款议和。"全盛金瓯日"，国家强盛的时候。"金瓯"，喻国土完整巩固。　16."金缯岁币谋"，指以金帛向侵犯者求和的屈辱政策，如北宋每年给辽绢二十万匹、银十万两。

林则徐

　　林则徐（1785—1850），字少穆，福建侯官（今福建福州）人。清仁宗嘉庆时中进士，曾任湖广总督、两广总督、云贵总督诸职。他是个爱国爱民，具有普遍社会威望和世界眼光的封疆大吏，是从禁烟入手，坚决反抗外国资本主义侵略的杰出人物。诗对他只是余事，但在禁烟抗英至谪戍伊犁时期却写出不少优秀的篇章。诗直抒胸臆，豪迈乐观。有《云左山房诗钞》。

赴戍登程，口占示家人 [1]（二首选一）

出门一笑莫心哀，浩荡襟怀到处开 [2]。时事难从无过立 [3]，达官非自有生来。风涛回首空三岛 [4]，尘壤从头数九垓 [5]。休信儿童轻薄语 [6]，嗤他赵老送灯台 [7]。

1. 诗作于清宣宗道光二十二年（1842）作者谪戍伊犁（今新疆伊犁哈萨克自治州）离家出发时。 2."浩荡"，广阔博大。 3."立"，成。 4."风涛"句：回想焚烟抗英的经历，足见英国无人。"三岛"，英国的英格兰、苏格兰、爱尔兰。 5."尘壤"句：疑用古神话竖亥自东极步行至西极的故事（参看《山海经·海外东经》），表示今后将遍游各地观察形势。"九垓"，九州，天下。"垓"，音gāi。 6."儿童"，指幼稚无知的人，如韩愈《调张籍》有"不知群儿愚"，这里指对林远谪幸灾乐祸的人。 7."赵老送灯台"，即前句的轻薄语。《归田录》："俚谚云：'赵老送灯台，一去更不来。'"

出嘉峪关感赋 [1]（四首选一）

严关百尺界天西 [2]，万里征人驻马蹄 [3]。飞阁遥连秦树直 [4]，缭垣斜压陇云低 [5]。天山巉削摩肩立 [6]，瀚海苍茫入望迷 [7]。谁道殽函千古险⁸，回看只见一丸泥⁹。

1."嘉峪关"在甘肃酒泉西，嘉峪山西麓，长城的西端。诗作于道光二十二年（1842）作者赴贬所伊犁路过嘉峪关时。　2."严关"，险峻的关。"界"，毗连。"天西"，极远的西方，指新疆。　3."万里征人"，作者自称。　4."飞阁"句：关上高阁与秦地的树木遥遥相连，极言形势所及之远。"秦树直"，用杜甫《送张二十参军赴蜀州，因呈杨五侍御》"两行秦树直"句。　5."缭垣"句：缭绕的墙垣（长城）压低陇山的云烟，极言所处地势之高。"陇"，山名，在陕西陇县，西北跨甘肃清水县。　6."天山"，横贯新疆中部的大山。"巉削"，形容险峻。"巉"，音 chán。"摩肩立"，与嘉峪关并肩而立。　7."瀚海"，沙漠。"入望迷"，一望无边，目为之迷。　8."殽函"，殽山和函谷关的合称。　9."回看"句：与嘉峪关相比，函谷关算不得险要。"一丸泥"，用《后汉书·隗嚣传》"以一丸泥为大王东封函谷关"句。

塞外杂咏¹（八首选一）

天山万笏耸琼瑶²，导我西行伴寂寥；我与山灵相对笑³，满头晴雪共难消⁴。

1.组诗是道光二十二年（1842）作者赴伊犁时的作品。这首写望天山。　2."万笏"，指天山群峰。"笏"，这里比喻山峰。　3."山灵"，山神。　4."满头晴雪"，指白发。"共难消"，与天山上的积雪一样不易消除。

龚自珍

龚自珍（1792—1841），字璱人，号定盦，浙江仁和（今浙江杭州人）。在功名与仕宦上，他都不得意，三十八岁方中进士，只做过内阁中书、礼部主事等小京官。他是个博学的人，对经学、文字学以及历史学、地理学都有极深的造诣；又是个有政治敏感性的人，在当时阶级矛盾、民族矛盾的冲击下，坚决要求改变政治的、社会的现实。以《公羊》学为理论基础，他提出一系列有关根本性的、带有复古色彩的改良主张。终以屡触时忌，傲然辞官南归。

龚自珍具有一定进步意义的政治思想和高自期许、鄙夷庸俗的性格，固然使他在政治上遭到排挤，但在文学上却获得卓异成就，尤其是诗。诗写他的理想与遭遇，含意深远，渗透着忧国愤世的激情或对理想生活的期待；语言瑰奇都丽，气势纵恣挺拔。词逊于诗，但也有优秀的篇章。有《龚自珍全集》。

咏 史[1]

金粉东南十五州[2]，万重恩怨属名流[3]。牢盆狎客操全算[4]，团扇才人踞上游[5]。避席畏闻文字狱[6]，著书都为稻粱谋[7]。田横五百人安在[8]，难道归来尽列侯？

1. 诗作于清宣宗道光五年（1825），题为咏史，实是讽今。　2. "金粉"，在这里意思是繁华豪奢。"十五州"，指长江下游地区。　3. "万重"句：有文化教养、社会地位的人彼此猜忌，恩怨重重。　4. "牢盆"二句：盐商的帮闲总揽一切，无行文人反受尊重。"牢盆"，煮盐的用具，这里借指盐商。"狎客"，为权贵豪富所亲近狎昵的人。　5. "团扇才人"，指轻薄文人。晋王珉喜持白团扇，与嫂婢相爱，事发，嫂挞婢，婢作《团扇歌》（参看《宋书·乐志》）。　6. "避席"，古人席地而坐，为表示尊敬，离坐起来，称为避席（参看《礼记·哀公问》）。这里是因心怀畏惧而避席。　7. "为稻粱谋"，为生活打算。杜甫《同诸公登慈恩寺塔》有"君看随阳雁，各有稻粱谋"。　8. "田横"二句；借用田横门客事讽刺清统治者惯于欺骗。"田横"，秦末自立为齐王。汉高祖即位，他与从属五百人逃到海岛上。高祖招降说："田横来，大者王，小者侯。"他不顾事汉王，在赴洛阳途中自刭。从属五百人闻横死，也都自杀（参看《史记·田儋列传》）。

自春徂秋，偶有所触，拉杂书之，漫不诠次，得十五首（选二）

其一[1]

黔首本骨肉[2]，天地本比邻；一发不可牵，牵之动全身。圣者胞与言[3]，夫岂夸大陈[4]？四海变秋气[5]，一室难为春。宗周若蠢蠢[6]，缭纬烧为尘[7]；所以慷慨士，不得不悲辛！看花忆黄河[8]，对月思西秦。贵官勿三思，以我为杞人[9]。

1.组诗作于道光七年（1827）。这首申述国家安危与个人利害的关系，从而说明诗人萦念国事的苦心。　　2."黔首"二句：是说百姓间本来亲如家人，天地间本来近似邻居。　　3."圣者"二句：用宋张载《西铭》"民我同胞，物吾与也"句意，说明人与人之间关系密切，互相影响。　　4."夫"，此。"陈"，述说。5."四海"二句：意思是全局动荡，局部也难定安。　　6."宗周"二句：借古人成语说明国家危难，个人势必受害。《左传》昭公二十四年："抑人亦有言曰：'嫠不恤其纬，而忧宗周之陨。'为将及焉，今王室实蠢蠢焉。""宗周"，周代王都。"蠢蠢"，同"蠢蠢"，形容动乱。　　7."嫠"，音lí，寡妇。"纬"，横线，这里泛指线。　　8."看花"二句：所指不详。　　9."杞人"，《列子·天瑞》："杞国有人，忧天地崩坠，身无所寄，废寝食者。"

其二[1]

　　朝从屠沽游[2]，夕拉驺卒饮[3]；此意不可得[4]，有若茹大鲠[5]。传闻智勇人，伤心自鞭影[6]。蹉跎复蹉跎，黄金满虚牝[7]。匣中龙剑光[8]，一鸣四壁静[9]；夜夜辄一鸣，负汝汝难忍。出门何茫茫，天心牖其逞[10]。既窥豫让桥[11]，复瞰轵深井[12]；长跪奠一卮[13]，风雪扑人冷[14]。

1.这首诗写作者身处"衰世"，束缚难解脱，志愿难实现，知友难寻觅等政治苦闷。　　2."朝从"二句：是说士大夫中无可相往还的人，故思与义勇的下阶层人为友。　　3."驺卒"，达官的骑从。"驺"，音zōu。　　4."此意"，指前二句。"不可得"，不能实现。"得"，"凡有求而获，皆曰得"（《韵会》）。　　5."有若"句：用鲠在喉中比喻意图不遂的痛苦。　　6."伤心"句：能自励自强，如遇被驱遣的征候，便为之痛心。"鞭影"，《指月录》："如世良马，见鞭影而行。"　　7."黄金"句：枉费精力无济于事。韩愈《赠崔立之评事》："可怜无益费精神，有似黄金掷虚牝。""虚牝"，谿谷。　　8."龙剑光"，晋傅玄《歌》有"宝剑神奇，镂象龙螭"（《渊鉴类函》卷二百十三引），诗疑本此。　9."一鸣"，旧说剑能发声，如龙吟虎啸（参看《拾遗记》卷二）。　10."天心"，指当前不可避免的趋势。"牖其逞"，诱导人尽情做去。"牖"，通"诱"。　11."既窥"二句：从凭吊古迹写对义士的向慕、追寻。"豫让桥"，在今河北邢台北（一说在今山西太原东一里），以豫让刺赵襄子得名（参看《史记·刺客列传·豫让传》）。　12."轵深井"，聂政的故乡。轵县故城在今河南济源东十三里，"深井"为轵里名。聂政以勇敢著名，曾为严遂刺韩相侠累（参看《史记·刺客列传·聂政传》）。　13."长跪"句：祭古侠士。　14."风雪"句：古今侠士都无处找，故觉处处冷酷，如在风雪中。

己亥杂诗 [1]（三百十五首选四）

其一 [2]

浩荡离愁白日斜，吟鞭东指即天涯；落红不是无情物 [3]，化作春泥更护花。

1."己亥"，道光十九年（1839）。这年龚自珍借口父年已老，怀愤辞官回乡，组诗便作于此时。诗的内容很广泛，有咏怀、抒情，也有讽刺。　2.这首写离京时的心情。　3."落红"二句：即景托喻。言外意可能是自己虽怀愤辞官，但仍思为国效力。

其二 [1]

太行一脉走蜿蜒 [2]，莽莽畿西虎气蹲 [3]；送我摇鞭竟东去，此山不语看中原[4]。

1. 诗末自注"别西山"。　2."太行"，太行山。北京西山是太行的支脉。"蝹蜿"，形容龙行，这里比喻山势。"蝹"，音 yūn。　3."莽莽"，形容山的绵亘广阔。"畿"，京都附近。"虎气蹲"，山的气势如虎蹲踞。　4."此山"句：山将为中原事变的见证人。

其三[1]

九州生气恃风雷[2]，万马齐喑究可哀[3]！我劝天公重抖擞[4]，不拘一格降人才[5]。

1. 诗末自注："过镇江，见赛玉皇及风神、雷神者，祷祠万数，道士乞撰青词。"作品虽为赛神而作，但作者借此表达他的改变现实的要求与渴望异才出现的心愿。　2."九州"句：以自然喻人事，中国如要生气蓬勃，须有令人震惊的、富于改革精神的思想言论出现。　3."万马齐喑"，喻当时中国的死气沉沉。苏轼《三马图赞引》称西域贡马："振鬣长鸣，万马皆喑。""喑"，音 yīn，哑。　4."重抖擞"，重新奋发。　5."不拘一格"，打破常规，多种多样。

其四[1]

陶潜酷似卧龙豪[2]，万古浔阳松菊高[3]；莫信诗人竟平淡，二分梁甫一分骚[4]。

1. 诗末自注："舟中读陶诗。"　2. 自注："语意本辛弃疾。"辛弃疾《贺新郎》有"看渊明，风流酷似，卧龙诸葛"。　3."浔阳"，陶潜是浔阳人。"松菊高”，陶的品格和他喜爱的松菊一样高洁。　4."梁甫"，即《梁甫吟》，乐府楚调曲名，诸葛亮在隆中时好为此曲，今存古辞，传为诸葛亮所作。这里借指诸葛亮。"骚"，《离骚》。这里借指屈原。

点绛唇·十月二日马上作[1]

一帽红尘，行来韦杜人家北[2]。满城风色[3]，漠漠楼台隔[4]。目送飞鸿[5]，景入长天灭。关山绝[6]，乱云千叠，江北江南雪。

1."十月二日"，疑在清仁宗嘉庆十六年（1811）。时作者随父居北京。本篇显示他厌弃京中豪门的权势，同时思念南方的故乡。　2."韦杜"，韦氏、杜氏在唐代累世贵显，时称韦杜。这里泛指京都豪门。　3."满城"二句：是说就全城总的风貌来看，这一片片的豪门楼台显得孤零。"风色"，风神颜色。　4."漠漠"，形容分布。　5."目送"二句：鸿雁引起人向高处、远处望。"景"，同"影"。　6."关山"三句：望中推想为云、山遮断的南方故乡，应是千里飞雪。

魏　源

魏源（1794—1857），字默深，邵阳（今湖南邵阳）人，清宣宗道光时进士，曾为东台、兴化知县，官至高邮知州。他早年便留心时务。平生少嗜欲，但好游历，足迹遍南北；又善与人讨论古今成败，国家利病；主张学习外国有用的知识，来抵抗外国侵略。他不以诗名，却常有好的作品。诗学白居易，对当时敝政、人民痛苦及外国侵略，均时有反映。风格朴素笃实。有《古微堂诗集》。

寰海十章[1]（选一）

楼船号令水犀横[2]，保障遥寒岛屿鲸[3]。仇错荆吴终畏错[4]，间晟赞普讵攻晟[5]。乐羊夜满中山箧[6]，骑劫晨更即墨兵[7]。刚散六千君子卒[8]，五羊风鹤已频惊[9]。

1. 组诗作于清宣宗道光二十年（1840）。这首诗肯定林则徐抗英的功劳，斥责投降派排斥林的罪行。　2.“楼船”二句：道光十八年（1838），林则徐以钦差大臣，赴粤查办鸦片事件，沿海水师也归他节制。当时水师经林的整顿教育，曾屡立战功。“楼船”，汉武帝为征南越，特造楼船，并训练楼船卒二十余万，以杨仆为楼船将军（参看《史记·平准书》及《南越传》）。这里以杨比林。“水犀”，穿水犀甲的兵，指水师。“横”，纵横。　3.“寒”，指胆寒。“岛屿鲸”，英侵略者。　4.“仇错”句：借晁错事，指出投降派虽挤走林则徐，但畏惧他的正气。“仇错荆吴”，即荆吴仇视晁错。汉景帝时，晁错为御史大夫，建议景帝削减诸侯封地。建议的实行，引起吴、楚等国反抗，以诛错为名，联合叛变。景帝果杀错（参看《史记·晁错列传》）。　5.“间晟”句：借李晟事指出英侵略者借助于投降派，打击林则徐。“间晟赞普”，即赞普离间李晟。李晟，唐名将，封西平郡王。时吐蕃扰边，李晟散家财招辑降附。吐蕃君臣恐惧，设计离间李晟，后德宗果罢晟兵权（参看《唐书·李晟传》）。"诋攻晟"，岂攻李晟？吐蕃结赞率兵度陇岐，无所劫掠，但佯发怒说："召吾来，乃不牛酒犒军。"即缓缓退去（参看《唐书·李晟传》）。"赞普"，吐蕃君长。 6."乐羊"句：用乐羊事，比喻林则徐功而遭谤。"乐羊"，战国时魏将，伐中山，返而论功，魏文侯示以谤书一箧（参看《史记·甘茂列传》）。 7."骑劫"句：用骑劫事，比喻清廷以琦善代林则徐。战国时燕遣乐毅伐齐几亡，即墨守将田单施反间于燕，燕王果命骑劫代乐毅（参看《史记·乐毅列传》）。 8."六千君子卒"，指林则徐的得力军队。越王勾践伐吴的军队中有"君子六千人"（参看《史记·越王勾践世家》）。 9."五羊"，广州。"风鹤"，即风声鹤唳，极言疑惧。符坚伐晋，溃败，闻"风声鹤唳"，都以为晋兵。

高邮州署秋日偶题 [1]（五首选一）

传舍官如住寺僧 [2]，半年暂主此荒城；湖边无处看山色 [3]，但爱千家带雨耕 [4]。

1.魏源于清文宗咸丰元年（1851）补高邮州知州，诗是他到任不久时的作品，作者的恬静朴素的性格和关怀农耕的心情都流露于字里行间。 2."传舍官"，去留无常，以官衙为旅舍的官。"如住寺僧"，极言清静无事与宦情的淡薄。 3."湖边"，高邮城西邻高邮湖。 4."但爱"句：作者《登高邮文游台》有"登临不独贪春色，要看千家雨后田"，可与此相印证。

朱　琦

朱琦（1803—1861），字伯韩，临桂（今广西桂林）人。清宣宗道光进士，以翰林院编修改官御史。在当时严密的封建统治下，士气委靡，他却以敢直言著称，屡上书论国事。他的诗以感叹时事、关怀民瘼者为最佳，用抗英作主题的篇章更为人所称道。风格浑厚平实，不逞才气，有《怡志堂诗集》。

感　事[1]

鸦片入中国[2]，尔来百余载[3]，粤人竞啖吸，流毒被远迩。通参轸民害[4]，谠言进封匦[5]；吏议为条目[6]，罪以大辟拟[7]；杀人亦生道，重典岂得已[8]。粤东地濒海，番商萃奸宄[9]。天使布威德[10]，陈兵肃幢棨[11]；宣言我大邦，此物永禁止，献者给茶币[12]，万椟付烈毁[13]。

积蠹快顿革[14]，狡谋竟潜启；飞帆扰闽越，百口腾谤毁。致衅诚有由[15]，功罪要足抵。直督时入觐[16]，便喋伺微指[17]，奏云英吉黎，厥患亦易弭[18]，吁冤至盐峡[19]，恭顺无触纸。节钺遽更代[20]，蛮疆重责委[21]，遂割香港地[22]，要盟受欺给[23]。况闻浙以西，丑虏陷定海[24]，焚掠为一空，腥臊未湔洗。虎、鹿复逼近[25]，锁钥失坚垒[26]，总戎关天培[27]，只身捍贼死。开门盗谁揖[28]，一误那可悔！五管嗟绎骚[29]，征调无暇晷[30]。至尊劳盱食[31]，军书丛蘱庡[32]，机幄时咨对[33]，震慑但喏唯[34]。

天讨终必伸[35]，牙璋大兵起[36]。冠军伊何人[37]，躯干颇杰伟。骁锐五千骑[38]，索伦十万矢[39]，庶往麾天戈[40]，一举荡溟澥[41]。义律尔何为？勾结饵群匪[42]，所恃惟巨炮，以外无长技。长侯昔决战[43]，贼酋尽披靡[44]；馀膻坐饥困[45]，如鱼游釜底，阻隘断其归[46]，彼虏无完理[47]；惜哉失此机，奔突纵犬豕。大帅殊畏懦[48]，高牙拥崴嶬[49]，兵骄或食人[50]，传闻日诡诡[51]。哀哀老尚书[52]，遗奏何嘘唏，上言海氛恶[53]，下言抱积痞[54]，针砭辄乖谬[55]，疹戾入肌髓[56]。艰虞正须才[57]，孤愤亦徒尔。

先是春二月[58]，番舶据沙嘴[59]。黑夜突凭城[60]，举火纵葭苇，矢炮横相攻，孤城危卵累[61]。万众方瞪目[62]，禁呵疑神鬼[63]。楼堞幸少完[64]，室庐剩荆杞。附郭尤惨凄，颓垣半倾圮。可怜宝玉乡[65]，瓦砾积硊磈[66]。

回思承平时[67]，海南夸丽侈：巨舶通重洋，珍货聚宝贿[68]；珊瑚斗七尺[69]，明珠炫百琲[70]；宴客紫驼羹[71]，金盘脍双鲤；妖姬促膝坐[72]，仆妾厌纨绮；笙歌彻夜喧，红灯照江水。岂知罹锋镝[73]，园宅倏迁徙，窜身榛莽丛，流离迫冻馁。

盛衰有循环[74]，天道讵终否[75]。比闻夷务辑[76]，櫜弓仡旋凯[77]，微劳获甄叙[78]，厮卒溷青紫[79]。虏骄愁反覆，私忧切桑梓。昨览檄夷书[80]，疾声恣丑诋，忠义乃在民，苟禄亦可耻[81]。古人重召募，乡团良足倚，剿抚协机宜[82]，猖獗胡至此！我朝况全盛，幅员二万里，岛夷至么麿[83]，沧海眇稊米，庙堂肯用兵[84]，终当扫糠秕[85]。微臣愤所切[86]，陈义愧青史[87]，苍茫望岭峤[88]，抚剑独流涕。

1. 诗为鸦片战争而作。除简述战事的经过外，它批判清统治集团的昏聩腐朽，赞扬人民与其他爱国者的忠勇，并表示应继续战斗。作期在道光二十二年（1842）。　2. 这段叙述禁烟与焚烟。　3. "百余载"，清初英人已运印度鸦片到广州。　4. "通参"二句：指道光十八年（1838），黄爵滋奏请严禁鸦片。"通参"，疑为通政使与参政的省略。清初参政后改为侍郎，黄爵滋曾为通政使与礼部、刑部侍郎。"轸"，怜念，痛心。　5. "谠言"，直言。"封匦"，唐置四铜匦于朝堂，凡对国事有所陈述、论列的人，可按事件性质，分别投书各匦中。"封"，因防泄露，所以加封。"匦"，音guǐ，匣。　6. "吏议"二句：黄爵滋的奏章说，要杜绝英人输入鸦片，必先严禁吸烟，"期以一年之外，杀无赦"。清帝采纳黄言，又命朝臣与各省督抚妥议。　7. "大辟"，死刑。　8. "重典"，重法，指大辟。　9. "奸宄"，犯法作乱的人。这里指汉奸、鸦片商、地痞、流氓等受英侵略者利用的人。"宄"，音guǐ。　10. "天使"句：道光十八年冬，清帝命林则徐为钦差大臣，赴广东查办鸦片输入事，并命沿海水师归林节制。　11. "幢棨"，音chuángqǐ，指古时高级官吏的仪仗。"幢"，旌旗。"棨"，木戟。　12. "献者"句：林与邓（廷桢）、怡（良）会奏："凡夷人名下缴出鸦片一箱者，酌赏茶叶五斤。"（参看《会奏夷人趸船鸦片尽数呈缴折》）　13. "万椟"句：道光十九年（1839），林则徐将义律所缴二百三十七万多斤鸦片在虎门公开销毁。　14. 这段叙述英侵略军扰广东失败，转攻福建厦门、浙江定海；林则徐遭诬谤，被革职；琦善督粤与英私自议和。"积蠹"，多年的祸害。　15. "致衅"句：林则徐致妻郑夫人书："外间悠悠众口，都谓我激起夷衅。""衅"，衅隙，关系恶化。　16. "直督"，直隶总督琦善。"觐"，朝见皇帝。　17. "便"，便佞，巧言花语。"喋"，音dié，多言。"伺微指"，窥伺清帝含而未露的意旨。　　18."厥患"句：琦善告诉清帝，英侵略者"情词恭顺，窥其词色，似有愧悔之心"（《筹办夷务始末》道光朝卷十四）。"弭"，平息。　　19."吁冤"句：道光二十年（1840），英兵船至大沽口，并在山东、奉天（今辽宁）海口巡逻。琦善接受其"诉屈"公文（《英外部大臣致满清宰相书》）。"盐峡"，天津东南的咸水沽。　　20."节钺"二句：道光二十年，琦善以钦差大臣赴粤，后为两广总督。"节钺"，符节与斧钺，古时将帅得持节钺，以为权力的象征。　　21."蛮疆"，本指蛮族所在地区，这里指广东、广西一带。　　22."遂割"句：道光二十年冬，琦善与义律订《穿鼻草约》（又称《川鼻草约》），拟将香港割给英国。　　23."要盟"，以势力迫胁订立盟约。"绐"，音 dài，用谎言欺骗。　　24."定海"，今浙江定海。　　25.这段叙述道光二十一年（1841）英军陷虎门与当时清廷的张皇失措。"虎"，虎门。"鹿"，鹿步司，在东江与珠江汇合处。　　26."锁钥"句：琦善到广东，为与英讲和，拆除防御工事。"锁钥"，冲要地点。　　27."总戎"二句：道光二十一年，英侵略军攻虎门，提督关天培固守，战死。"总戎"，总管军事的将领。关天培为广东水师提督，故称他"总戎"。　　28."开门"句：谁开门揖盗。"开门揖盗"，三国张昭语，意指自取外祸。　　29."五管"，唐以广、桂、容、邕、安南皆属广府都督统辖，谓之五府节度使，名"岭南五管"。这里指两广地区。"绎骚"，动乱失次。　　30."征调"句：调遣军队异常频繁。"暇晷"，暇时。"晷"，音 guǐ，日影或月影，引申意如时间。　　31."旰食"，晚食，食不及时。　　32."黼扆"，音 fǔyǐ，皇帝座后有绣斧图案的屏风。这里指皇帝身边。　　33."机幄"句：是说军机大臣穆彰阿，随时被清帝咨询。"机幄"，机要的机构，这里指军机处。　　34."震慑"句：因被侵略者吓昏，官吏们只能含糊其词地回答。　　35.这段希望抗英将帅破敌立功，并指出败英非难事，英军猖狂是由于文武官吏怯懦昏庸。"天讨"句：是说清帝被迫再度出兵进"剿"（参看《筹办夷务始末》卷二十二）。"天讨"，《尚书·皋陶谟》："天讨有罪"。　　36."牙璋"句：道光二十一年秋，清帝命奕经为扬威将军，督师浙江。"牙璋"，兵符，发兵的信物。　37."冠军"，将军名号。这里意如主将。　38."骁锐"，骁勇精锐。　39."索伦"，部族名，居今内蒙古自治区海拉尔市附近，勇猛善战，清代屡立战功。这里指奕经所率军队中的蒙古兵。"十万矢"，武器充足。　40."庶"，幸，表示希望之意。"天戈"，皇帝的军队。　41."荡"，涤荡，清除秽恶。"溟澥"，海。　42."饵"，利诱。　43."长侯"，不详，似指杨芳部将南赣镇总兵长春。"侯"，对人的尊称，与"君"相类。"决战"，疑指道光二十一年英舰闯入凤凰岗事。　44."披靡"，溃败。　45."馀艎"，音 yúhuáng，即余皇，古船名（参看《左传》昭公十七年）。这里指英军舰。　46."归"，归路。　47."无完理"，势必全军覆没。　48."大帅"，指靖逆将军奕山。　49."高牙"，牙旗。"嶔巇"，音 qīnyǐ，形容峻高。　50."兵骄"二句：指奕山等纵兵杀掠以收买军心（参看《英夷入粤纪略》《军务记》等）。　51."诙诡"，可笑，荒唐。　52."老尚书"，指隆文。他官至尚书。道光二十一年，他与奕山同赴广东抗英，后以忧愤死，有遗疏。　53."海氛恶"，指英海军气焰嚣张。"氛"，凶气。　54."抱积痞"，久患脾病（参看隆文《遗疏》）。　55."针砭"，古时用砭石作针刺病。这里泛言医疗。　56."沴戾"句：是说病已深重。"沴戾"，指病毒。　57."艰虞"二句：意思是救国须有人才，隆文愤慨无济于事。　58.这段叙道光二十一年，英军攻广州。"春二月"，这年二月，英以穿鼻之约无效，再犯虎门。　59."沙嘴"，指沙角嘴，在广州海边。　60."黑夜"句：指英军袭广州。"凭"，同"冯"（音 píng），迫。　61."危卵累"，即危如累卵。　62."万众"二句：极言出乎意外。指英船到天字码头，放炮数声，守兵逃散事。　63."禁呵"，因为疑神疑鬼，故不思回击，只是禁咒呵斥。　64."楼堞"二句：英军据炮台用火箭、火弹打城中，所以城墙未全坏，住房几全被毁。　65."宝玉乡"，岑参《送张子尉南海》有"此乡多宝玉"，朱诗本此。　66."硇碌"，形容乱石堆积。这里借言瓦砾之多。　67.这段抚今思昔，揭露侵略者对广州的破坏。　68."宝贿"，如言财宝。　69."珊瑚"句：用石崇与王恺比赛珊瑚故事（参看《世说新语·汰侈》）。　70.“百琲”，极言珠多。“琲”，音 bèi，成串的珠子。珠五百枚为一琲。　71.“紫驼”，驼峰是珍贵的肉食品。杜甫《丽人行》有“紫驼之峰出翠釜”。　72.“促膝”，双方膝相靠近。　73.“锋燹”，兵火。“燹”，音 xiǎn。　74.这段批评清廷对官吏功过处理失当，并指出如能依仗民力，继续抗敌，必获全胜。　75.“否”，音 pǐ，厄运。　76.“比闻”四句：道光二十一年四月，奕山派广州知府余保纯向英乞降，订立停战协定，反向清廷谎称英向中国乞和。并保荐大批“有功”员弁。“比闻”，近闻。“辑”，和。　77.“囊”，音 gāo，弓衣。这里作动词用。“伫”，如言伫候。　78.“甄叙”，甄别叙功。　79.“溷”，音 hùn，乱。　80.“檄夷书”，指三元里平英团的揭帖：《广东义民申谕英夷告示》等。　81.“苟禄”，无功受禄。　82.“剿抚”二句：意思是如果当初战和运用得当，英人不会如此猖狂。　83.“岛夷”，岛居之夷，指英国。“么麿”，微小。“麿”，音 mó。　84.“庙堂”，朝廷。　85.“扫糠秕”，比喻击溃英侵略军。　86.“微臣”，作者自称。“愤所切”，愤怒而痛切。“所”，而。　87.“陈义”句：所说的道理有愧于史中先贤。　88.“望岭峤”，时朱琦在北京，故对广东言望。“岭峤”，五岭。包括越城、都庞、萌渚、骑田、大庾，在湘、赣、桂、粤间。“峤”，锐而高的山。

黄遵宪

　　黄遵宪（1848—1905），字公度，广东嘉应（今广东梅州）人，清德宗光绪初中举后，便为外交官吏。在日、美、英、南洋等地为参赞或总领事，近二十年。长期的外交生活使他对西方资本主义国家的政治、经济制度与思想、文化有较深刻的了解，因而确信当时中国只有学习西方，方能使国家转弱为强。戊戌变法，他热情地参加；即使在变法失败、罢官家居时，主张仍不改变。

黄遵宪的政治主张、政治行动，对他的文学主张、文学成就有深刻影响。他的创作体现"诗界革命"的主要标准，"以旧风格含新意境"。他用诗记述、批评中国近代史上的重大事变，以及由资本主义政治、文化产生的新事物。在艺术技巧上常不受传统格律的局限，诗风明朗畅达。有《人境庐诗草》。

杂感 [1]（五首选一）

大块凿混沌[2]，浑浑旋大圜[3]；隶首不能算[4]，知有几万年。羲轩造书契[5]，今始岁五千；以我视后人[6]，若居三代先。俗儒好尊古，日日故纸研；六经字所无，不敢入诗篇。古人弃糟粕，见之口流涎；沿习甘剽盗[7]，妄造丛罪愆[8]。黄土同抟人[9]，今古何愚贤；即今忽已古，断自何代前？明窗敞流离[10]，高炉爇香烟[11]；左陈端溪砚[12]，右列薛涛笺[13]；我手写我口，古岂能拘牵！即今流俗语，我若登简编[14]；五千年后人，惊为古斓斑[15]。

1.诗从破除尊古贱今的成见开始，提出反对用古人语言作诗的主张。这是当时"诗界革命"的重要论点之一。作期在清穆宗同治七年

（1868）。　2.“大块”二句：是说世界的开始先有混沌，后来混沌分判，方有天地。“大块”，地。“凿混沌”，用《庄子·应帝王》倏与忽凿混沌的故事，而意不尽同。《庄子》中的混沌是个虚拟的人物，这里指天地开辟以前的原始状态。　3.“浑浑”，无边际。“旋大圜”，天旋转。古人认为天是圆的，故称大圜（同“圆”）。　4.“隶首”，黄帝的史官，始作算数（参看《世本》）。　5.“羲”，伏羲。“轩”，轩辕，即黄帝。“造书契”，创造文字。　6.“视”，比。　7.“甘剽盗”，甘心抄袭古书。　8.“丛”，多。　9.“黄土”句：人都是黄土捏的。《太平御览》卷七十八引《风俗通》：“女娲抟黄土作人”。“抟”，音 tuán。　10.“流离”，琉璃，指玻璃。　11.“蒸”，音 ruò，燃烧。　12.“端溪砚”，广东端溪（今广东肇庆一带）产良砚，世称端溪砚。　13.“薛涛笺”，唐名妓薛涛，制松花纸及深红小彩笺，时人号为薛涛笺（参看《资暇集》卷下）。　14.“登简编”，用在作品里。　15.“古斓斑”，辞采古雅。“斓斑”，同“斑斓”，形容文采。

海行杂感[1]（十四首选一）

　　星星世界遍诸天[2]，不计三千与大千[3]。倘亦乘槎中有客[4]，回头望我地球圆。

1. 组诗作于光绪八年（1882）作者自日本横滨赴美国旧金山任总领事途中。这首写海上望星空的幻想。　2.“星星”二句：是说天的任何部分都有星。“诸天”，佛经说：欲界有六天，色界之四禅有十八天，无色界之四处有四天，其他尚有日天、月天、韦驮天等诸天神，总称为诸天。　3.“三千与大千”，即三千大千世界。佛家以为：合今人所住的世界一千为小千世界；合一千小千世界为中千世界；更合一千中千世界为大千世界；在大千世界上更加"三千"，是表示这大千世界是由小千、中千、大千三种千合成的（参看《智度论》七）。 4."乘槎"，旧说天河与海通，每年八月海潮来时，可乘槎到天河（参看《博物志》）。

纪事[1]（八首选一）

众人耳目外[2]，重以甘言诱；浓绿苗芽茶，浅碧酿花酒。斜纹黑普罗[3]，杂俎红氃氀[4]，琐屑到钗钏，取足供媚妇。上谒士雕龙[5]，下访市屠狗[6]；墨床与侏张[7]，相见辄握手。指此区区物，是某托转授；怀上花名册[8]，出请纪谁某[9]。"知君有姻族，知君有甥舅，赖君提挈力，吾党定举首[10]。"丁宁复丁宁："幸勿杂然否[11]。"

1."纪事"，记美国选总统事。当时美国民主党和共和党竞选总统，双方各用尽手段。组诗从竞选活动中，揭穿美国民主政治虚伪的一面。作于光绪十年（1884）作者在美国旧金山做总领事时。这首写用甘言小惠拉拢。 2."耳目"，前五篇叙述竞选中的演说与戎装表演，皆属视听方面；故言耳目。 3."普罗"，即氆氇，以绒毛织成（参看曹昭《格古要论·古锦论》）。 4."杂俎"句：有复杂花纹的红色呢类织品。"氃氀"，音 fēn dòu，毛织布。 5."士雕龙"，有才华的士大夫。"雕龙"，喻文采。《史记·孟子荀卿列传》有"雕龙奭"。 6."市屠狗"，指职业低微而有才志的小市民。"屠狗"，杀狗卖的人。古人视此为贱业。 7."墨床"，音 mòchì，无赖。"侏张"，强梁。 8."怀上"，怀里。 9."纪谁某"，写上某人的名字。 10."举首"，汉代举贤良，称其中优异者为举首（参看《汉书·董仲舒传》）。这里用引申义，指选举获胜。 11."幸勿"句：希望不要犹豫推辞。

今别离 [1]（四首选二）

其一

朝寄平安语，暮寄相思字；驰书迅已极，云是君所寄。既非君手书，又无君默记[2]；虽署花字名[3]，知谁箝缄尾[4]。寻常并坐语，未遽悉心事，况经三四译，岂能达人意？只有斑斑墨，颇似临行泪。门前两行树[5]，离离到天际[6]，中央亦有丝[7]，有丝两头系。如何君寄书，断续不时至？每日百须臾，书到时有几？一息不相闻[8]，使我容颜悴。安得如电光，一闪至君旁！

1．"今别离"是乐府杂曲歌辞旧题。组诗就近代科学知识与火车、电报、照相等新事物写男女别情。作期在光绪十六年（1890）。这首写电报。 2．"默记"，暗记。 3．"花字名"，签署名字，古称押字，又曰花字。 4．"知谁"句：不知道封信的是谁。"缄尾"，一作纸尾，较妥。 5．"门前"二句：指路旁由近而远的电线杆。 6．"离离"，历历，形容行列分明。 7．"中央"二句：指杆上电线。 8．"一息"，一呼一吸，极言时间短暂。

其二

开函喜动色，分明是君容；自君镜奁来[1]，入妾怀袖中。临行剪中衣[2]，是妾亲手缝。肥瘦妾自思，今昔得毋同[3]？自别思见君，情如春酒浓[4]；今日见君面，仍觉心忡忡[5]。揽镜妾自照，颜色桃花红；开箧持赠君，如与君相逢。妾有钗插鬓，君有襟当胸[6]；双悬可怜影，汝我长相从。虽则长相从，别恨终无穷；对面不解语，若隔山万重；自非梦来往，密意何由通？

1.“镜奁”，镜匣。 2.“中衣”，内衣。 3.“得毋同”，或者还相同。“得毋”，推想其或然之辞。 4.“春酒”，冬酿春熟的酒。 5.“忡忡”，忧愁不安。 6.“襟”，疑应作“衿”，通“紟”，结；当是领结。

文廷式

文廷式（1856—1904），字道希，江西萍乡人。清德宗光绪进士，官翰林院侍读学士。他的政治主张，倾向变法，并且在行动上予以支持，为此遭到后党迫害。戊戌后，郁郁而死。他以词名当时，接近苏辛。政治的愤懑，使诗词中均多慷慨激昂的作品。有《云起轩词》《文道希先生遗诗》。

过洞庭湖 [1]

舟人祷福祀灵君 [2]，我有狂言愿彻闻 [3]；借取重湖八百里 [4]，肆吾十万水犀军 [5]。

1.诗人因物兴感,思用湖水练水师。　2.“灵君”,指洞庭水神。　3.“彻”,达。　4.“重湖”,洞庭兼有青草、赤沙诸湖,故称重湖。　5.“肄”,音yì,习。“水犀军”,即水师。

水龙吟[1]

落花飞絮茫茫[2],古来多少愁人意。游丝窗隙[3],惊飙树底[4],暗移人世。一梦醒来,起看明镜,二毛生矣[5]。有葡萄美酒,芙蓉宝剑[6],都未称,平生志。　我是长安倦客[7],二十年、软红尘里[8]。无言独对,青灯一点,神游天际。海水浮空[9],空中楼阁,万重苍翠。待骖鸾归去[10],层霄回首[11],又西风起[12]。

1.词写作者对世事多变、壮怀不遂、去留难决的抑郁愤懑。情辞隐约曲折,疑是戊戌、庚子间作品。　2.“落花”二句:是说自古以来,愁人心情总似落花飞絮的纷纭撩乱。　3.“游丝”,用以象征春。冯延巳《蝶恋花》有“满眼游丝兼落絮”。　4.“惊飙”,用以象征秋。李白《古风》有“八荒驰惊飙,万物尽凋落”。　5.“二毛”,头发斑白。　6.“芙蓉宝剑”,春秋时,欧冶子铸名剑纯钧、湛卢等,薛烛称纯钧“沉沉如芙蓉始生于湖”(参看《吴越春秋》)。　7.“长安倦客”,京都倦游的旅客。　8.“软红尘”,指纷扰繁华的都市。　9.“海水”三句:神游所至的胜地。　10.“归去”,回到神游的地方去。　11.“层霄”二句:意思是,已经达到“归去”的中途,但仍难舍多难的人间。　12.“西风起”,秋的象征,用以比喻社会凋敝,民生憔悴。

康有为

康有为（1858—1927），字广厦，号长素，南海（今广东佛山市南海区）人，清德宗光绪进士，虽授工部主事，但迄未到职。少年时他已初步接触到西方资产阶级文化。激于《马关条约》的丧权辱国，他联合赴京会试的各省举人，上书反对，并提出改良派的救国纲领。此后他成为资产阶级改良主义运动的领导者。变法失败后，他逃亡国外，进行保皇活动；思想日益反动，终于参加清帝复辟的变乱。

在文学创作上，康有为有才华，有工力。他作诗远法杜甫，近接龚自珍。从思想意义来说，以戊戌变法作分界，他前后两期的诗优劣悬殊。前期的诗有独创性，有新风貌；大量反映当时的重大事变，充满爱国热情，形象瑰丽，气势磅礴，风格雄浑。后期的诗，因思想性低落，艺术技巧往往沦为缺少灵魂的躯壳。有《南海先生诗集》。

澹如楼读书 [1]

三年不读南朝史 [2]，琐艳浓香久懒熏 [3]。偶有遁逃聊学佛 [4]，伤于哀乐遂能文 [5]。忏除绮语从居易 [6]，悔作雕虫似子云 [7]。忧患百经未闻道[8]，空阶细雨送斜曛。

1.诗是光绪五年（1879）的作品。据自注，楼在西樵山北银塘乡七桧园，是他的叔祖建造的。他少时曾在那里读书。　2.“三年”二句：自述读书方向的变化，对南朝史由细心钻研，到长久不读。　3.“琐艳浓香”，指南朝史中的浮靡事迹与绮丽的文字。“懒熏”，不愿受它的感染。　4.“遁逃聊学佛”，借佛理求解脱，由儒暂转入佛。　5.“伤于哀乐”，深为哀乐所激动。晋谢安同王羲之说：“中年伤于哀乐，与亲友别辄作数日恶。”（参看《世说新语·言语》）6.“忏除”，忏悔消除。“绮语”，意涉轻狂、语尚艳丽的作品。“从居易”，学白居易。白居易晚年自删诗中绮语，且自戒不为。　7.“似子云”，像扬雄。扬雄说他自己的赋是“童子雕虫篆刻”，“壮夫不为也”。（参看《法言·吾子》）8.“闻道”，《论语·里仁》：“朝闻道，夕死可矣。”“道”，如今言真理。

出都留别诸公[1]（五首选二）

其一

沧海惊波百怪横，唐衢痛哭万人惊[2]。高峰突出诸山妒[3]，上帝无言百鬼狞。岂有汉廷思贾谊[4]，拚教江夏杀祢衡[5]。陆沉预为中原叹[6]，他日应思鲁二生[7]。

1.组诗成于光绪十五年（1889）。自注说：“吾以诸生请变法，开国未有。群疑交集，乃行。”　2.“唐衢痛哭”，唐唐衢有文才，老无所成，善哭，闻者下泪（参看《旧唐书·唐衢传》）。　3.“高峰”二句：首言自己因行高遭妒，次叹德宗无权，后党跋扈。龚自珍《夜坐》有"一山突起丘陵妒，万籁无言帝坐灵"，康诗本此，而有所变化。 4."岂有"句：以贾谊自比，愤不为清廷重视。汉贾谊因受周勃、灌婴诸人排斥，不得为公卿，出为长沙王太傅，继为梁怀王太傅，终未得重用。 5."拚教"句：以祢衡自比，不辞为人杀害。汉祢衡才高性傲，为江夏太守黄祖所杀。 6."陆沉"二句：是说到他的预见证实时，反对派也将想念他。"陆沉"，国土沦丧。 7."鲁二生"，汉初，叔孙通欲兴礼乐，征鲁诸生三十余人。鲁有二生不屑应征，辞不往（参看《史记·叔孙通列传》）。

其二

天龙作骑万灵从[1]，独立飞来缥缈峰[2]。怀抱芳馨兰一握[3]，纵横宙合雾千重[4]。眼中战国成争鹿[5]，海内人才孰卧龙？抚剑长号归去也[6]，千山风雨啸青锋[7]！

1."天龙"句：比喻身为变法运动领导人。"作骑"，作为坐骑。"万灵"，如言百神。 2."独立"句：比喻高自位置，超出流俗。"飞来缥缈"，极言山峰奇峻，如自天外飞来，隐现于烟云里。 3."怀抱"二句：是说自己的品德志行虽然芬芳高洁，但所处时代却阴霾混浊。 4."宙合"，《管子》篇名。古往今来为宙，故原意是上下古今，无所不包。这里借作"宙"用，指时间。 5."战国"，指帝国主义列强。"争鹿"，即逐鹿。《汉书·蒯通传》："秦失鹿，天下共逐之。" 6."号"，呼。 7."千山"句：意思是剑啸激起群山风雨。

将至桂林望诸石峰 [1]

香山履道得一石 [2]，作诗惊喜夸绝殊 [3]。倪迂狮林少奥诡 [4]，高庙叹慕力追摹 [5]。我好林泉尤爱石，园林无石不为姝 [6]。昔游燕吴读园记，每见叠石辄欢呼。穿云穴洞不自已 [7]，出没坐卧皆为娱。

天愍至诚割紫府 [8]，掷之桂林西南隅；上自全州下平乐 [9]，千里之囿擘青腴 [10]，峰峦奇耸百万亿，海之涛涌云之铺 [11]。群山奔走争占地 [12]，不开原野供官租；彝鼎琳琅陈几席 [13]，丈室岂有小隙乎 [14]？方员纵横闲尖曲 [15]，如植仗笏覆瓶盂 [16]；晓日穿云射峰影，诸天旌盖落清都 [17]；沙漠大将列部伍 [18]，帐屯队列拥万夫；广殿设朝班仗立 [19]，裳冕剑珮相磨扶；灵山大会天龙鬼 [20]，狮象夜叉集众徒，而我游戏于其间，说法纷纷点头颅 [21]。但割栖霞独秀与风洞 [22]，玲珑奇耸天下无。

改名石林昭其实 [23]，号为吾园久自私 [24]。恨无铁路缩大地，复泛扁舟看画图。贵人园林少久住，如吾再到岂为诬 [25]。昔游旧影入梦寐，每思辄作十日吁。缥碧青溪过阳朔 [26]，群峰杂沓来迎吾。今日桂林落吾手，丈人儿孙纷走趋 [27]，或拜或抚吾岂厌，胜于折腰向紫朱 [28]。康岩素洞久据此 [29]，羡绝南宫惊倪迂 [30]。行将筑室老于是，天许桂海为衡虞 [31]。

1.诗咏桂林群山，作于光绪二十三年（1897）。 2.这段从古人爱石，说到自己爱石。"履道"，履道里，在洛阳龙门山对岸香山。白居易晚年居此。"得一石"，白居易实未得石（详后注），作者误记。 3．"作诗"句：白居易有《奉和思黯相公，以李苏州所寄太湖石奇状绝伦，因题二十韵见示，兼呈梦得》，诗称赞石"在世为尤物，如人负逸才"。 4．"倪迂"，元名画家倪瓒自称倪迂。"狮林"，狮子林，在苏州，多奇石秀木，倪瓒曾居此。 5．"高庙"句：清高宗游苏州，爱狮子林山石，于是在北京圆明园外长春园丛芳榭之东垒石，也名狮子林。 6．"姝"，美。 7．"穿云穴洞"，出入于堆垒的石山中。 8．这段描摹望中的桂林山。"憨"，通"恫"，怜。"割紫府"，从神仙的洞府中，割出些雄奇俊秀的峰峦。 9．"上自"二句：意思是将割自紫府的奇山异石，分散在由全至平这个大苑囿里。"全州"，今广西全州。"平乐"，今广西平乐。 10．"囿"，音 yòu，有林池的园，这里泛指苑囿。"擘"，音 bò，掰裂。"青腴"，指青翠润泽的山石。 11．"海之"句：像汹涌的海涛和铺开的层云。 12．"群山"二句：众山这样争土地，好像不让它产粮纳租。"开"，如言开放。 13．"彝鼎"句：用陈列在几案的古礼器、珠玉作比喻。"彝""鼎"，古代祭祀宴享用的礼器。 14．"丈室"，比喻全、平地区。 15．"闲"，阑，这里引申为环绕。 16．"覆"，倒扣。 17．"诸天"句：峰影如各种天神的仪仗从清都下来。"诸天"，佛家语，众天神。"旌盖"，旗，伞。"清都"，神话中天帝的住处。 18．"沙漠"二句：用屯列在沙漠上的大军作比喻。 19．"广殿"二句：用宫廷朝会中的百官作比喻。"班仗立"，分班设仗而立。"仗"，唐制殿下兵卫为仗。 20．"灵山"四句：用说法盛会上的灵怪作比喻。"灵山大会"，释迦牟尼讲说佛法的会。"灵山"，释迦牟尼所住的灵鹫山。 21．"纷纷点头颅"，天龙、夜叉等听说法时，都不住点头表示悦服。 22．"栖霞独秀与风洞"，栖霞山、独秀峰和风洞山（叠彩山），均为桂林名山。 23．这段叙述作者对前游的回忆与将来的愿望。 24．"吾园"，康两次到桂林，都住过叠彩山，因有此语。 25．"诬"，妄。 26．"阳朔"，今广西阳朔，山水清异，世称"阳朔山水甲桂林"。 27．"丈人儿孙"，大山与小山。　28.“折腰”，晋陶渊明为彭泽令，不愿为五斗米折腰，因辞官回家。“紫朱”，这里指达官贵人。　29.“康岩”“素洞”，康有为在桂林城得二洞，未有名，因自据之，一曰康岩，一曰素洞。“素”，因康字长素。　30.“南宫”，宋画家米芾，官礼部员外郎，人称米南宫。他极爱石，见奇石便拜。　31.“天许”句：天许他掌管桂林山水。“衡虞”，即虞衡，官名，负责管理山泽。康中进士后，授工部虞衡司主事，但未到职。变“虞衡”为“衡虞”，为协韵。

闻意索三门湾，以兵轮三艘迫浙江，有感 [1]

凄凉白马市中箫 [2]，梦入西湖数六桥 [3]；绝好江山谁看取？涛声怒断浙江潮 [4]！

1.“三门湾”，在今浙江三门东，是个重要港湾。光绪二十五年（1899），意大利以海军威胁，要求租借三门湾被驳拒。诗即此时作。　2.“凄凉”句：戊戌变法失败，谭嗣同等六人被杀，康有为亡走日本。“白马”，《史记正义》引《吴地记》：越灭吴后，越军于苏州东南三江口，临江北岸设坛，杀白马祭伍员。后因立庙于此。这里是作者借以表示对谭嗣同等人的悼念。“市中箫”，春秋时，伍员自楚奔吴，初至吴“稽首肉袒，鼓腹吹箫，乞于吴市”。（参看《史记·范雎列传》）故作者以伍员自比。　3.“六桥”，杭州西湖的堤桥。　4.“涛声”句：是说浙江潮也为意侵略者的无理要求而激怒。“浙江潮”，钱塘江潮。潮以八月为最大，远望，数百里若素练；近观，潮头高数丈，声如雷鼓。

丘逢甲

丘逢甲（1864—1912），字仙根，福建彰化（今台湾彰化）人。《马关条约》割台湾与日本，他与台湾士绅倡议抵抗日侵略者，事败内渡，在广东办学校。他少有诗名，内渡后诗激昂悲壮，多为复失地、雪国耻而作。有《岭云海日楼诗钞》。

春 愁 [1]

春愁难遣强看山，往事惊心泪欲潸；四百万人同一哭 [2]，去年今日割台湾 [3]。

1. 诗是清德宗光绪二十二年（1896）作者内渡后的作品。　2.“四百万人”，台湾本地人和福建、广东籍的台湾人，当时共约四百万。　3.“今日”，指光绪二十一年（1895）三月二十三日。

谭嗣同

谭嗣同（1865—1898），字复生，湖南浏阳人。曾为江苏候补知府，军机章京。少有大志，甲午后，发愤救国，提倡新学，推行新政。他的思想较康、梁等激烈，封建制度、礼教，均所反对。变法失败，慷慨就义。他的诗或写壮游，或写壮怀，或同情人民疾苦，咏物、言志往往融为一体。情辞激越、笔力遒劲是他的诗的特点。有《莽苍苍斋诗》。

儿缆船[1]

北风蓬蓬[2]，大浪雷吼，小儿曳缆逆风走。惶惶船中人，生死在儿手！缆倒曳儿儿屡仆，持缆愈力缆縻肉[3]，儿肉附缆去，儿掌惟见骨。掌见骨，儿莫哭，儿掌有白骨，江心无白骨。

1.诗序说："友人泛舟衡阳，遇风，舟濒覆。船上儿甫十龄，曳舟入港。风引船退，连曳儿仆。儿啼不释缆，卒曳入港，儿两掌见骨焉。"作期在清德宗光绪十四年（1888）。 2."蓬蓬"，风声。 3."縻"，音 mí，通"糜"，糜烂。

崆峒[1]

斗星高被众峰吞[2]，莽荡山河剑气昏[3]。隔断尘寰云似海，划开天路岭为门。松拏霄汉来龙斗[4]，石负苔衣挟兽奔[5]。四望桃花红满谷[6]，不应仍问武陵源[7]。

1."崆峒"，山名，在今甘肃平凉西。诗成于光绪十五年（1889），作者自浏阳赴兰州途中；写他对崇山峻岭的欣赏与对国势动荡的关心。 2."斗星"，北斗星。 3."莽荡"句：是说广大山河皆笼罩在兵气中。"剑气"，宝剑的精气。吴未亡时，斗牛间有紫气。后雷次章于丰城掘地得二剑，斗牛间紫气因不复见（参看《晋书·张华传》）。这里如言兵气。 4."拏"，牵，抓。"来龙斗"，招龙来斗。 5."负苔衣"，石上生苔。"挟兽奔"，形容山石姿态的险狠活跃。"挟"，夹在腋下。 6."四望"二句：是说虽然这里满谷桃花，可是现在国家多难，不当像秦人那样避入桃源。 7."武陵源"，桃花源（参看陶渊明《桃花源记》）。

狱中题壁[1]

望门投止思张俭[2]，忍死须臾待杜根[3]；我自横刀向天笑，去留肝胆两昆仑[4]。

1.诗是作者的绝笔，作于光绪二十四年（1898）八月初十至十三数日间。 2."张俭"，东汉人，因弹劾权阉侯览，逃亡避害。"望门投止"，相识之家即往投奔。人重其名行，多破家收容（参看《后汉书·张俭传》）。 3.“杜根”，东汉人，因忤邓后遭扑杀，未死；后邓氏败，官御史。（参看《后汉书·杜根传》）“忍死”，指杜根复苏后装死三天。 4．“去留肝胆”，在生死关头依旧亲如肝胆。“两昆仑”，指康有为与侠客大刀王五（参看梁启超《饮冰室诗话》第十八条）。“昆仑”，以大山喻人的出类拔萃。

秋　瑾

秋瑾（1875—1907），字璿卿，浙江山阴（今浙江绍兴）人。她本是个性格豪放倔强、有文化修养的地主阶级妇女，封建家庭的压迫与国家的危难，促使她为民族解放、妇女解放献身革命，终为革命牺牲。她的诗豪迈奔放，渗透着革命者的战斗激情，摒除雕饰，而自能感人。有《秋瑾集》。

柬某君[1]（三首选一）

河山触目尽生哀，太息神州几霸才！牧马久惊侵禹域[2]，蛰龙无术起风雷[3]。头颅肯使闲中老？祖国宁甘劫后灰[4]？无限伤心家国恨，长歌慷慨莫徘徊。

1．"某君"，可能是陈志群，《神州女报》记者。诗是清德宗光绪三十三年（1907）的作品。　2．"牧马"句：久已为帝国主义侵略中国而惊心。"牧马"，指外国侵扰。贾谊《过秦论》有"胡人不敢南下而牧马"，秋诗本此而意稍变。"禹城"，中国。　3．"蛰龙"，指待时而动的革命者。　4．"劫后灰"，灭亡。"劫"，佛家语。在坏劫中，有风、火、水三灾。火灾时，大千世界都被烧毁。

满江红 [1]

　　小住京华 [2]，早又是、中秋佳节。为篱下、黄花开遍，秋容如拭。四面歌残终破楚 [3]，八年风味徒思浙 [4]。苦将侬、强派作蛾眉，殊未屑！　　身不得，男儿列；心却比，男儿烈。算平生肝胆，因人常热 [5]。俗子胸襟谁识我？英雄末路当磨折。莽红尘、何处觅知音 [6]？青衫湿！

1．词作于光绪二十九年（1903）作者居北京时。　2．"小住"，时作者到京不久。　3．"四面"句：叹外国进逼，中国前途危殆。用《史记·项羽本纪》"夜闻汉军四面皆楚歌"事。　4．"八年"，作者光绪二十二年（1896）在湖南结婚，到作词时恰为八年。"风味徒思浙"，空想故乡浙江的风味。　5．"因人常热"，为别人而屡热。　6．"莽"，广大。

高　旭

高旭（1877—1925），字天梅，江苏金山（今上海市金山区）人。留学日本时，与孙中山创同盟会。归国后，任同盟会江苏分会会长，与柳亚子诸人以文字鼓吹革命。辛亥后，任众议院议员，以革命夭折，居常郁郁。他以工诗著称。诗多写他的爱国家爱民族的热情与不惜牺牲的决心。才气横溢，较"新派诗"更多地突破旧格律。有《天梅遗集》。

海上大风潮起作歌 [1]

弄三寸管现活剧 [2]，此何人哉亚之豪。一身凤鸟鸣高冈，天下不敢啼鸥鸦。困顿压抑风尘底，悲凉萧瑟员吹箫 [3]。亡国惨状不堪说，奔走海上狂呼号。非种未锄气益奋 [4]，雄心郁勃胸中烧 [5]。拟将大纲罗天鹏，安得阔斧斫海鳌？鼠子跳梁豺狼横，中原万里莽蓬蒿 [6]。危哉死矣痞疳夫 [7]，盍进大黄与芒硝 [8]。

翻倒鹦鹉碎黄鹤 [9]，趋迫上途乘风飚 [10]。打破局面贵速拙 [11]，昭苏万象权我操 [12]。相期创造新世界，簸山荡海吼蒲牢 [13]。沐日浴月热潮涌，鱼鳖瑟缩魈魈逃 [14]。自由钟铸声初发 [15]，独夫台上

风萧萧 [16]。当头殷殷飞霹雳 [17]，鲁易十四心旌摇 [18]。何来咄咄此妖孽 [19]，助桀为虐狐狸骄。文明有例购以血 [20]，愿戴我头试汝刀。有倡之者必有继，掷万髑髅剑花飘 [21]。中夏侠风太冷落，自此激出千卢骚 [22]。要使民权大发达，独立独立呼声器。全国人民公许可，从兹高涨红锦潮 [23]。

嗟哉丑虏剧凶恶 [24]，百计凌虐心何劳。割我公产赠与人，台、青、旅、大亲手交 [25]。东三省地今又送 [26]，联虎狼秦如漆胶 [27]。绞我膏血恣淫乐，忍使遍地哀鸿嗷 [28]。天崩地岌云惨澹，苍鹰搏击饥鸟哮 [29]。俎上之肉终嗷尽 [30]，日掀骇浪飞惊涛。两重奴隶苦复苦 [31]，恨不灭此而食朝 [32]。扬州十日痛骨髓 [33]，嘉定三屠寒发毛 [34]。以杀报杀未为过，复九世仇公义昭 [35]。

堂堂大汉干净土 [36]，不须异类污腥臊。还我河山日再中，犁庭扫穴倾其巢 [37]。作人牛马不如死，淋漓血灌自由苗。独立檄文《民约论》，谁敢造此无乃妖 [38]！少所见应多所怪，喑喑跖犬纷吠尧 [39]。冷血动物悉蠕蠕 [40]，鸡鸣风雨独嘐嘐 [41]。请看后人铸铜像，壁立万仞干云霄。廿一纪首廿纪末，伟人名姓全球标 [42]。香花供养买丝绣 [43]，笔舌突过汗马劳。一战华戎从此决，万年福祉庆同胞。冬冬法鼓震东海 [44]，横跨中原昆仑高。

1. 诗以大风潮起喻革命风暴的到来，号召人民奋起推翻清王朝；作于清德宗光绪三十年（1904）。 2. 这段歌颂革命领导者的声望、遭际与坚决意志，并指出非革命无以救国。"弄三"句：用文字暴露清王朝压迫汉人的虐政。"三寸管"，笔。 3. "员"，伍员。 4. "非种未锄"，清王朝仍然存在。汉刘章《耕田歌》有："非其种者，锄而去之。" 5. "郁勃"，郁积蓬勃。　6. "莽蓬蒿"，一片荒芜衰落景象。　7. "痞痏夫"，比喻中国积弱不振。　8. "盍进"句：自注"用吉田松阴语"。吉田松阴，日本德川幕府末年的志士与教育家，伊藤博文等皆出其门下。　9. 这段说进行革命贵迅疾而不取巧，并以美欧革命自勉。"翻倒"句：意思是不顾一切障碍。李白《江夏赠韦南陵冰》有"我且为君捶碎黄鹤楼，君亦为吾倒却鹦鹉洲"。　10. "鏖"，音 áo，苦斗多杀。　11. "速拙"，自注："亦吉田语。"《天梅遗集》卷一，《题松阴先生幽室文稿》自注："公有'何如轻快拙速，打破局面，然后徐图占地布石之为胜乎？'云云。"　12. "昭苏"，苏醒。"权我操"，即我操权。　13. "蒲牢"，海兽，好鸣，声甚大。　14. "鱼鳖""魑魉"，均指敌人。"瑟缩"，局缩畏惧。　15. "自由"四句：述美国革命对法国革命的影响。"自由钟"，疑指1775年4月19日晚，康克得农民因知英军将至而敲起的警钟（参看叶菲莫夫《美国史纲》"武装斗争的开始"节）。　16. "独夫"，指众叛亲离的君主。　17. "殷殷"，雷声。　18. "鲁易十四"，即路易十四，法国专制暴君。依美、法革命的年代言，十四应作十六。　19. 这段说清官吏镇压革命，但流血牺牲必将革命推向高潮。　20. "购以血"，用血换取。　21. "髑髅"，音 dúlóu，头骨。　22. "卢骚"，即卢梭，18世纪法国资产阶级思想家，《民约论》的作者。　23. "红锦潮"，指革命的浪潮。　24. 这段揭发清廷割地卖国与压榨、杀害各族人民的罪恶，以复仇相号召。　25. "台、青"句：光绪二十一年（1895），《马关条约》割辽东半岛、台湾、澎湖于日本。光绪二十四年（1898），德国强租胶州湾，俄国强租旅顺、大连。　26. "东三"句：光绪二十六年（1900），俄国强占东三省，至光绪二十八年虽归还，而仍保留不少特权。　27. "虎狼秦"，屈原谏楚怀王入秦，说"秦虎狼之国"（《史记·屈原列传》）。　28. "哀鸿嗷"，《诗经·小雅·鸿雁》："鸿雁于飞，哀鸣嗷嗷。"后来因用哀鸿指流离灾民。　29. "苍鹰"句：比喻人民遭受清王朝凌虐迫害。　30. "俎上之肉"，《晋书·孔坦传》："今犹俎上肉，任人脍截耳。"　31. "两重奴隶"，中国人民既为清王朝奴隶，又为帝国主义的奴隶。　32."灭此而食朝"，迫切希望早灭敌人。《左传》成公二年，齐侯说："余姑剪灭此而朝食。""食朝"，即朝食，进早餐。　33."扬州十日"，顺治二年（1645），清兵攻陷扬州，屠城十日。　34."嘉定三屠"，顺治二年，清兵至江南，嘉定人民守城反抗，遭到三次屠杀。　35."复九世仇"，春秋时，齐襄公灭纪为远祖哀公复仇。《公羊传》庄公四年，论此事："远祖者几世乎？九世矣。九世犹可复仇乎？虽百世可也。"　36.这段说，必须彻底推翻清王朝，顽固派尽管诽谤，但革命必成功。　37."犁庭扫穴"，如言"犁庭扫闾"（《汉书·匈奴传》），意思是灭其国。　38."谁敢"三句：先述顽固派的话，然后反驳、批判。　39."跖犬纷吠尧"，《战国策·齐策》："跖之狗吠尧，非贵跖而贱尧也，狗固吠非其主也。"　40."冷血动物"，当时斥责不关心国事，怯懦退缩者的习用语。　41."鸡鸣"句：用《诗经·郑风·风雨》"风雨潇潇，鸡鸣胶胶"句，表示不怕困难、危险，坚持革命。"胶胶"，或作"嘐嘐"，鸡叫声。　42."标"，表，表彰。　43."买丝绣"，李贺《浩歌》有"买丝绣作平原君"，高诗本此，极言为人所敬慕。　44."冬冬"二句：用法鼓远震比喻中国革命声威所及的广远。"法鼓"，佛家语，寺院有法鼓。

报载某志士送其未婚妻北行，赠之以诗，而诗阙焉，为补六章[1]（选一）

革袋风腥触鼻酸，长途万里报平安[2]；归来说是蚩尤血[3]，倾入杯中饮合欢[4]。

1.组诗作于光绪三十四年（1908）。志士北行的目的在暗杀清廷重要官吏。这是当时革命党采用的手段。这首诗结合婚事，预祝成功。　2."长途"句：

得到行事顺利的消息。　3.“蚩尤”，借指革命敌人。　4.“合欢”，指结婚时喝的酒。

苏曼殊

苏曼殊（1884—1918），原名玄瑛，字子榖，广东香山（今广东中山）人。幼年因家变为僧，后留学日本，始与革命接触。归国后，又为僧，但仍继续革命活动，并远游印度南洋诸地。辛亥后，时在国内，时在日本。他不专门作诗，但感时忧国，颇有情辞并茂的作品。缺点是哀伤颓唐的情调过重。有《苏曼殊全集》。

过平户延平诞生处 [1]

行人遥指郑公石 [2]，沙白松青夕照边；极目神州余子尽 [3]，袈裟和泪伏碑前 [4]。

1.“平户”，日本地名，在日本肥前平户岛。“延平”，郑成功。明桂王封他为延平郡王。“诞生处”，郑成功的母亲是日本平户士族田川氏女，所以他生于平户。诗写作者在革命遇到困难时，对前代民族英雄的思慕；作于清宣统元年（1909）。 2."郑公石"，疑即纪念郑成功的碑碣之类。 3."极目"句：叹革命起义屡次失败，党人也多牺牲。"余子"，其余的人。 4."裓裟"，僧服名，作者自指。

柳亚子

柳亚子（1887—1958），名弃疾，号亚子，以号行，江苏吴江（今江苏苏州市吴江区）人。他早年便踊跃参加旧民主主义革命，后与陈去病诸人组织南社。南社是为当时革命服务的文学团体，他数次被选为主持人。辛亥后，袁世凯篡夺革命成果，他对变节媚袁的党人严厉斥责。新中国成立后，当选为全国人民代表大会常务委员会委员。他是为革命歌唱的诗人。诗中情感的喜悦悲愤往往与革命发展形势有关。诗风清新朴实，慷慨深沉。有《摩剑室诗集》。

狼星四首，为熊味根起义皖中作 [1]（选一）

爝火犹争焰 [2]，伤心日未中。浪传三户楚 [3]，其奈百年戎 [4]！赤县销王气 [5]，苍生泣鬼雄 [6]。靖南遗恨地 [7]，咫尺接英风 [8]。

1. "狼星"是首章首句句首二字，故用为诗题。熊昧根，名成基，清末光复会的革命烈士。德宗光绪三十四年（1908）在安庆起义，旋败。组诗即此时作。这首慨叹革命成功不易，并悼念死难烈士。　2."爝火"二句：清王朝不甘覆灭，继续挣扎；革命尚未取得优势，屡受挫折。"爝火"，火炬。《庄子·逍遥游》："日月出矣，而爝火不息。"柳诗本此，而意微异。　3."浪传"二句：是说过分宣扬少数党人的暴动，对推翻清王朝不起大作用。　4."其奈"，如言"岂奈"，即无奈。"百年戎"，极言清统治中国之久。东周初，周大夫辛有在伊川看见有人被发野祭，说："不及百年，此其戎乎？"（参看《左传》僖公二十二年）柳诗本此，而意稍变。　5."赤县"句：意思是君主专制终必取消。"赤县"，中国。"王气"，古时有望气术，以为某地有王气，那里会有帝王出现。　6."泣鬼雄"，为因起义而牺牲的烈士落泪。　7."靖南"，明黄得功，崇祯时封靖南伯。"遗恨地"，指芜湖。福王立，黄得功进封侯爵，屯兵芜湖。清兵渡江，福王逃入黄营。清兵至，黄战死（参看《明史·黄得功传》）。　8."咫尺"，安庆、芜湖相去不远，故以"咫尺"形容其近。

孤　愤[1]

孤愤真防决地维[2]，忍抬醒眼看群尸[3]？美新已见扬雄颂[4]，劝进还传阮籍词[5]。岂有沐猴能作帝[6]？居然腐鼠亦乘时[7]。宵来忽作亡秦梦[8]，北伐声中起誓师[9]。

1."孤愤"是《韩非子》的篇名，本指正直有才能的人不见容于世的愤慨。这首诗写的是为袁世凯称帝而愤，作于民国四年（1915）。　2."真防决地维”，用共工怒触不周山，“天柱折，地维绝”（《淮南子·天文训》）故事，形容愤恨的深剧。“决”，断绝。　3.“群尸”，指斥趋奉袁世凯的人，言其无灵魂。　4.“美新”句：王莽称帝，国号新。扬雄上《剧秦美新》，颂莽功德。这里指杨度等组织筹安会，准备向袁劝进。　5.“劝进”句：魏帝封司马昭为晋公，进相国，加九锡，昭伪辞不受，阮籍为众公卿作笺劝进。这里指梁士诒等组织全国请愿联合会，要求变更国体，拥袁称帝。　6.“岂有”句：断言袁世凯必失败。“沐猴”，猕猴。《史记·项羽本纪》有“人言楚人沐猴而冠耳”。　7.“居然”句：为小人乘机作祟而痛心。　8.“亡秦”，指推翻袁世凯。　9.“北伐”句：梦中起兵参加讨袁战役。袁世凯称帝不久，蔡锷、唐继尧等起义云南，出兵北伐。

失　名

不见哥哥回家中 [1]

　　豌豆开花花蕊红，太平军哥哥一去影无踪。我做件新衣等他穿，我砌间新屋留他用；只见雁儿往南飞，不见我哥哥回家中。

　　豌豆开花花蕊红，太平军哥哥一去影无踪。我早上等到黄昏后，我三春天守到腊月中；只见雁儿往南飞，不见我哥哥回家中。

　　豌豆开花花蕊红，太平军哥哥一去影无踪。老年的母亲哭得头发白，年轻的姐姐哭得眼儿红；只见雁儿往南飞，不见我哥哥回家中。

　　豌豆开花花蕊红，豌豆结荚好留种；来年种下小豌豆，开满了鲜花到处红。"太平军哥哥"五个字，永远记在人心中。

1.这首民歌是太平天国失败后的作品，流传于苏南一带。